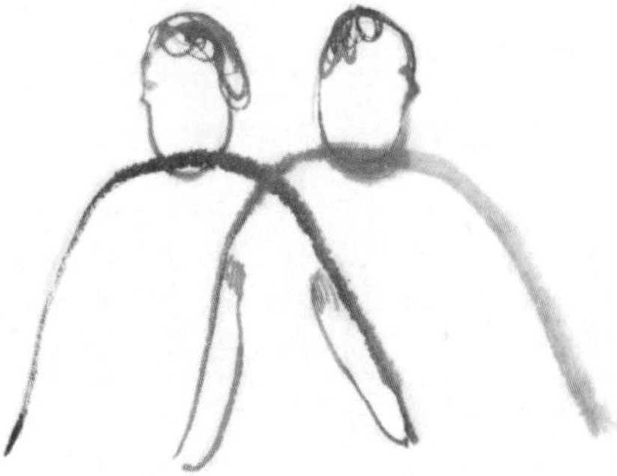

結或不結
離或不離

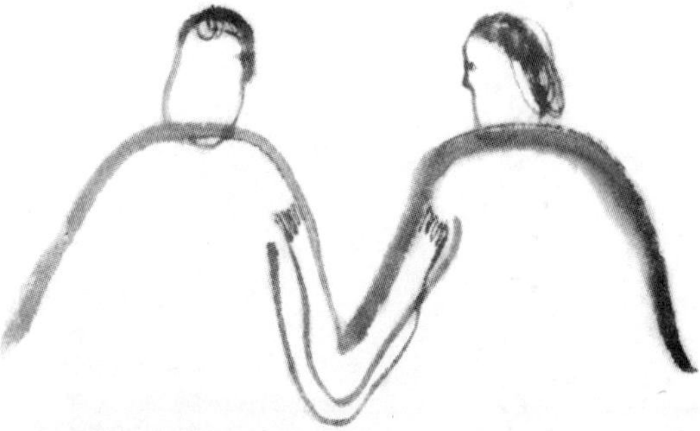

他們是兩堂兄弟，年紀相差三個月。

堂兄弟與表兄弟不一樣，華裔把親戚關係分得極細，堂兄弟同一個祖父，故此他們同是易家子孫，堂兄叫易之乎，堂弟名易者也。

這樣幽默名字由祖父所賜，他們父親並無異議，反而覺得精簡別致。

他倆還各有一個姐姐，叫唐詩與宋詞。

四人感情十分親近，最引人注意是相貌身段幾乎完全一樣，外人很難分得出；一般濃眉大眼，笑臉可親。

親戚打趣：「將來生了孫兒，可叫嗚呼噫唏」，之乎答得快：「叫安居樂業」，你別說，還真是好名字。

小時形影不離，大了也相親相愛。

兩個姐姐早結婚，他倆卻要努力學業，戀戀學府，打算一直讀到博士。

少年至大目的，是挑選女友：「最漂亮最有氣質女孩全在學府。」

這句話毋須商榷。

在高中已有鄰校女生打聽兩兄弟是誰。

兩對父母忠告：「去到大學再說。」

兄弟只得目觀鼻，鼻觀心。

一日，之乎說：「女孩子真奇怪，雙手柔若無骨，只有我手一半那麼大，手背雪白，一個毛孔也無。」

「你怎麼知道。」

「我握了一下。」

「有這種事，說來聽聽。」

兄弟倆興奮地談論半日，漸漸說到什麼叫美女，「美術系比亞翠絲那頭烏亮頭髮，真想替她打個結」，「眼看手勿動」，「也不能瞪着看，嚇壞人」，「酒吧氣氛比較輕鬆」，「那裏女孩有點鬆懈」，「只要喜歡……」，「聽說真的愛上一個人的時候，會得神魂顛倒」。兄弟沉默起來，過一會，「醫科的珍妮好身材，看得人目瞪口呆，女性胸脯沒有軟骨硬骨，只有脂肪及乳腺」，「醫科生閉關自守，不與旁系聯絡，相當驕傲」，「我倆終究要結婚的吧」，「可能會，可能不會」。

置了大堆《女性心理與生理》，《如果說我愛你》之類書籍，還有各種婦女雜誌，讀她們心理狀況：「女性也一早積蓄，開始自置樓宇，準備獨立生活」，「快將不需要男性」，「我們的肩膀始終寬厚一些」，研究半天，無實際行動。

這時，已讀完機械系一年級。

之乎對者也說：「你，你先去認識女性，把經驗告訴我。」

「叫詩姐介紹女朋友。」

「問詞姐如何邀第一次約會。」

「嘿，笑壞他們，整個校園都是女生，一整年下來，都沒有喜歡的人？一覺眼順，便走近說：『週末迎新會可要一起。』」

「她若說不——」

「繼續輕輕懇求，請她不要錯過。」

「你為什麼不做?」

「我還在仔細看。」

之乎會臉紅，者也不會。

唐詩說：「我的女友年齡比你們大一截，不適合。」

「我不介意成熟女友。」

「人家不想帶小孩，女性呢，總要過了四十，才會結交年輕男友。」

「我們也聽說是這樣。」

「你倆賣相上佳，不愁沒女友。」

者也背着她，聽到讚美，微微轉過頭笑，真是背影都那麼漂亮，光是白襯衫卡其褲，已顯得胳臂是胳臂，腰是腰，長腿，渾身有股青春張力，好看之極。

唐詩喃喃說：「時機尚未到罷了。」

宋詞叫：「過來，抱一抱，幾年間長這麼高大，鬍髭密密，兩個英俊小生。」

姐夫們說：「我家有的是年輕女眷——」

「噯，不做媒人三代好。」

「太過見外。」

「我們的父親疙瘩。」

這是真的，唐詩嫁大姐夫陳平，父親易昆並不喜歡，「公務員小老頭子一樣，沒有神采。」

試婚紗時，唐詩還不識趣，一味說：「陳平不喜歡暴露，也不喜珠片——」

易昆忽然動氣，「誰管陳平喜歡或不喜歡什麼，我嫁女，我付賬！」

之乎對此事印象深刻。

他記得詩姐發獃，父親離席而去。

幸虧母親冷靜說：「阿詩，不怕，媽媽有收入，我作主，你愛穿什麼都可以。」

宋詞鼓掌，悄悄說：「看到沒有，女性需要經濟獨立。」

時間證明，那叫陳平的小老頭子衷心愛護美妻唐詩，事事以妻為重，不久，唐詩懷孕，易昆又說：「我不打算與親家共享弄孫之樂，那是我女兒懷胎九月所生。」

大家不去睬他。

唐詩懷雙胞胎，相當辛苦，為父的看着鼻子通紅，「阿詩變得如此臃腫難看，這犧牲也太大，她可是當千金那樣養大的啊。」

易太太提醒丈夫，「英女皇也生四名。」

雙生兒出生，才一點點大，唐詩親身哺乳，累得雙眼凹下，易先生又暴跳如雷。

要過這父親一關，談何容易。

詩姐僱兩名保母，一屋是人，之乎與者也不大敢上門，怕遭踐踏。

啊是，兩個小男嬰並不叫嗚呼噫唏。

由他們的祖父命名，叫陳永佳與陳永康。

易父嗤之以鼻，「如此傖俗，什麼名字！哪裏都不用去，等着做公務員好了，中華詞彙何等豐富，偏偏用該等平凡之字。」

唐詩唯唯諾諾。

他兄弟，即之乎的叔父易侖說：「陳家孫子，陳家命名，天經地義。」

「宋詞可有消息。」

「阿詞任電影公司經理，忙得無日無夜，上星期三半夜三時竟需往警署保釋一名醉酒駕駛歌星，她自問暫時無暇照顧幼嬰。」

「是看到阿詩辛苦而害怕吧。」

「阿詩事事親力親為，是標準好媽媽。」

「希望那公務員知道感激。」

之乎與者也繼續在校園選拔女友。

一日，在數學系門外等放學，逐個欣賞。

如此年紀，剛完成發育的少女沒有人會難看，都皮膚緊緻似發亮光，姿勢活潑，身型健美，人生最好一刻在這裏了，她們半自覺半迷糊，翼動的心藐視男生，份外嬌俏。

其中一個高挑女生正垂頭看電話，梳馬尾，後頸碎髮零星散下，絲縷貼雪白頸後，使人想起纏綿二字，之乎剛想走近，另一個年輕人伸手搭住她肩膀，啊，已被人捷足先登。

之乎悄悄退開。

者也比他幸運，他不過坐在看台觀美式足球，一個女孩走來坐他身邊，「那紅隊四分衛是我同班」，者也轉頭，看到花蕾那樣漂亮臉龐，少女有意結識他。

她說：「我知道你是易之乎。」

者也微笑，「認錯人，我是易者也。」

女孩面孔漲通紅，「你倆長得一模一樣。」

「你喜歡之乎，我介紹給你，但，你又是誰。」

她微笑，「我是尚可，機械工程。」

兩人握手，她的手，比較有力，但仍然細小柔軟，叫他忍不住多握一下。

「我告訴她們，今日會與易之乎打招呼，我認錯人，賭注輸掉。」

者也問：「輸什麼？」

「午餐。」

者也福至心靈，他輕輕說：「由我請客好不好。」

這個時節，哪裏還有規矩男生必然請女生，通常各歸各，那尚可聽見便開心，吹一下口哨，身後樹叢走出另外兩個笑容滿面女同學。

者也忍不住回報笑臉，氣氛良好。

一邊吃意大利餅子一邊聊天：「你倆是堂兄弟，那意思是，你倆父親是親兄弟，那麼，父親姐妹的子女，是表兄弟姐妹」，「那還得分姑表與姨表，父系親屬是姑表，母系親屬是姨表。」

「嘩。」大家驚嘆。

「洋人對祖父與外祖父即外公都同一稱呼，實則差遠矣。」

讀中國文學的同學說：「我想起來了，紅樓夢裏賈寶玉與林黛玉是姑表，他與薛寶釵是姨表，實際上堂表兄弟姐妹在法律上均不可以近親結婚，但那個時候——」

「嘩，頭都昏了。」

同學略有遲疑，「我同房十分喜歡這間店的雞肉餡餅……」

者也立刻揚手請服務員包一客外賣。

尚可輕輕說女同學：「你好意思。」

午餐散場，尚可輕輕說：「者也，我還你。」

「不用，我剛賺了外快。」

「那你應開始貯蓄。」

者也微笑。

這時，有人在身後叫他。

尚可回頭，看到一個同者也一模一樣男生，笑喊：「你是易之乎。」

果不就是他，一般高矮，同樣衣着，又濃眉與大眼。

「你倆可曾混亂身份代考？」

之乎笑，「他成績比我差！如何替我。」

「別聽他的，事實相反。」

兩人調換位置，尚可竟分不出二人。

她聚精會神凝視半晌，知道了，細心的她發覺之乎的耳垂特厚，者也耳朵十分貼服，她心中有數，並不聲張。

她高興道別。

者也喚住她：「喂，尚可，可要看電影會本世紀十大經典影片。」

她爽快答：「要，要。」把電話號碼傳給他，快活地奔走。

之乎訝異，「真有你的。」

者也微笑，「她爽朗可愛。」

「你要小心。」

「我相信尚可不會吃人。」

「你莫傷害人家的女兒，母親自幼忠告：善對婦孺，保護她們，尊重她們，要記住外婆媽媽姐妹均是女子。」

「那是一定的事。」

「父親說，結交女友之際，要設想將來會得娶她們為妻。」

兄弟倆忽然沉默片刻。

「那，如果半途看到更好的人呢。」

「就會有人失戀，不一定是女方，她若變心，你也會傷心，爸說，要妥善處理，要做得好看一些。」

「記得家中小狗地拖在我們十歲之際辭世嗎，你我傷心流淚。」

「女友不是小狗。」

「但愛惜是一樣的。」

「我忽然想起一句話叫因噎廢食，恐懼結交女友。」

「不如向詩詞兩位姐姐討教，她們到底已婚有經驗。」

「怎樣問：『姐夫第一次怎樣吻你』。」

「可以問：第一次接吻應該怎麼做。」

宋詞忍着笑如此回答：「記住要訣是自然大方輕柔，千萬不要像吃最後晚餐。」

「雜誌上說在第三次約會之後。」

「到時你會知道。」

「詞姐說得具體一點可好。」

「像倦怠會渴睡，肚餓找吃食，還有，傷心懂落淚，都是自然反應，不必刻意。」

「接吻表示什麼。」

「親密接觸，傳達愛意。」

之乎與者也聽得入神。

二姐夫劉准下班回家，看到英俊兩兄弟不禁高興，「一起晚飯可好，相請不如偶遇。」

宋詞說：「我已約了人。」

「一起吧。」

「今日公司旗下女星宗珊生日，本來，她男友在半年前已準備替她大肆慶祝，可是，個多月前忽然鬧翻，宴會取消，十分冷清，我得上門安慰。」

二姐夫笑語：「大家一起付出溫暖。」

之乎不喜熱鬧，「不宜打擾。」

者也告辭：「我們先走一步。」

貴客離去之後，劉准問：「兩名俊男為何蒞臨劉宅。」

「請教我如何吻女孩。」

劉准哈哈大笑，「順其自然。」

這時宋詞接了一通電話，說了幾句，笑着掛線。

她告訴丈夫：「那是宗珊，她有約，推卻我，可能是找到新人了。」

「美麗的女明星怎會寂寞。」

宋詞說：「我與唐詩二人，兄弟長得漂亮而我們平凡。」

「老妻，你在我眼中，是美女中美女，切莫妄自菲薄。」

「多謝，多謝。」

兩個男生回到宿舍，球隊損友已在等他倆。

「有好節目。」

「說來聽聽。」

「隊長組隊去紅掌夜總會看脫衣舞。」

之乎說：「別開玩笑，那是六十歲猥瑣老頭去的髒地方。」

「咄，你不去見識？你不想近距離看女性體態？」

「你整日迷在情色網頁還不夠！」

「真人表演不一樣。」

者也忽然輕輕說：「我們為什麼要參與這種墮落行業，我不會侮辱女性。」

「喂，自古以來，帝王都愛看艷舞。」

「對，施洗約翰為莎樂美一舞失去頭顱。」

「不去算了，別教訓我們。」

之乎對者也說：「為何激烈如此。」

者也答：「那些舞女，也是某家的女兒。」

同學不耐煩，「喂，他不去，之乎，你意下如何。」

也有人揶揄，「不去也罷，那裏空氣都有傳染病。」

之乎覺得，趁沒有女朋友之際，或可見識一下。

真沒想到舞場水洩不通。

門外有大塊頭保鏢看場，見是年輕學生，一臉笑容，「歡迎歡迎。」

靡靡音樂已經開始，一個艷妝裸女在台上與鋼管糾纏，全身皮膚像打過蠟，

在奇異彩燈照耀下不大真實，誘惑表情也似由程式編排，生硬呆板。

同伴們擠到台前，取出準備好的一元鈔票，丟到台上，引舞女過來拾取。

舞女做出不雅動作，鈔票飛揚。

同學聚精會神注視，像看試卷那樣專注，之乎不禁好笑。

他剛想站起離開現場，燈光熄滅，數秒鐘後重亮，台上多了一扇道具門，一個年輕長髮女子以現代芭蕾舞姿輕輕轉出，她纖細身段穿着透明肉色紗衣，淡淡背光，同裸體差不多，但更加誘惑，她輕輕轉近那道門，雙臂伸出表現無限依戀，啊，她的愛人在門的另一邊，她在説一個故事，渴慕之情，絲絲入扣。

之乎輕輕坐下看下去。

年輕秀美的舞女在台上輕輕打轉翻滾，心中像是受着無限煎熬，每個動作充滿含蓄誘惑。終於，她上前想敲門，偏偏在此時，門打開，她躲往一旁，看着那人離去。

舞台上明明只得她一人，但觀眾都覺得另外有一個負心人不顧她而去。

這場三分鐘舞蹈可稱雅俗共賞，觀眾激烈鼓掌，撒上鈔票。

之乎把口袋裏所有放在台邊推到中央。

舞女交叉腿蹲下揀拾，退下。

她肯定受過正式舞踏訓練，易之乎沒想到如此色情之地會有這樣藝術表演，默半晌。

這時，另一個穿銀冠銀甲非常肥胖的舞女上場。

之乎不想看下去，站起走出外邊。

起先乘大伙車子一起來，此刻落單，之乎打算往公路車站。

橫門打開，一個纖細人形輕輕在昏暗燈光下走出，她看到門口另外有人，醒覺抬眼，見是一個整齊年輕人，繞過他，向車站走去。

電光石火之間易之乎怔住，他認得那雙閃爍的眼睛，這個穿運動衣褲的女子正是剛才他欣賞的舞女。

台下的她與台上完全不一樣，她樸素平凡，只有那雙眼睛瞞不過人，一般無奈晶亮。

之乎不自覺輕輕跟着她後邊。

公路車來到，號碼正是往大學那一路，他讓她先上車，坐她對面，好把她看清楚。

她垂頭聽耳機。

這時若說她是紅掌夜總會舞女，沒人會相信。

快到站了，一下車，下次見她，也只得往紅掌，那種地方，實在不是他願意出現之處。

慢着，這也是女子工作之處呀。

公路車停下，他下車，她也下車。

這麼巧，兩人一前一後往校舍走去。

大學面積大若城鎮，設有警署消防局醫務所與餐廳，兩人偏偏走同一條路。

在一盞路燈下，她站停回頭，「你為何跟着我！」

之乎怔住，「我——」人急生智，他取出學生證，「我是工程院學生，這是我回宿舍之路。」

近距離看，女子有一張雪白小臉。

之乎說：「校園龐大，你別迷路才好。」

她這樣說：「你到了。」

之乎只得說：「再見。」

她忽然說：「謝謝你的小費。」

之乎一怔，她也把他認出來。

他臉漲得通紅，連忙回宿舍。

那一夜，他輾轉反側，耳邊都是伴舞的幽怨梵亞鈴聲。

清晨，者也問他：「你沒睡好，可是擔心考試。」

「讀書本是最有趣之事，全被考試測驗攪渾。」

「誰說不是。」

有人咯咯敲門。

之乎去一看，笑出聲，「找上門來了。」

者也一驚，「糟，我臭如豬，我去淋浴，你請她等一等。」

「她不會介意。」

「不，不——」

之乎已經打開門。

門外站着正是尚可，精神奕奕，一身清香，她看到之乎，細細觀察，「早，者也可在。」

了不起，之乎豎起拇指，已經把他們兄弟倆認清認楚，這個女孩好聰敏。

「你請稍等，他正裝扮。」

尚可大笑。

者也忽忙更衣出現，鬍髭才剃了一半，整個下巴是肥皂，「之乎你說我壞話。」

尚可走近。

之乎識趣，「我下樓買咖啡。」

者也用毛巾擦掉肥皂，「這麼早，有事嗎。」

「學生會派人往糧食銀行做志工，你可願意幫忙。」

「你去我也去。」

尚可笑，「這個答案有獎。」

他剛想更衣，尚可拉住他。

他一臉問號。

尚可低聲說：「我一直想做一件事，不知可否冒昧開口。」

者也忽然心跳，他有預感，「你想做什麼事。」

尚可嚅嚅，「我想觸摸你的鬍鬚，可以嗎。」

者也咧開嘴笑，輕輕握住她手，把它放到腮邊。

尚可開心，「啊，並不扎手，相當柔軟。」愛不釋手。

者也被溫暖小手撫摸，心花怒放。

尚可繼續形容：「似草地的感覺呢。」

這時易者也本能發作，握住尚可手心吻一下。

尚可觸電似退開。

「我造次了。」

「是我輕佻，對不起。」

「不，不。」

忽然，兩個年輕人一起大笑。

就這樣，兩人認定對方。

他倆的感情道路開頭暢順，可賀可喜。

這時之乎買了咖啡早餐回來，「誰在門口，請便。」

者也打開門，「你別鬼祟。」

「嘿，不識好人心。」

者也身後的尚可笑嘻嘻。

照說，機械系功課也很深繁，不過，優秀人才總會把那門工夫做得輕鬆愉快。

天氣真好，易之乎一路朝農學院走去，聽說同學們種出新產品不生銹既脆又甜蘋果，想去開眼界。

忽見食堂側一大叢七彩氫氣球，標貼「捐血救人」。

漂亮女護士招呼他躺下，查看他助人記錄。

「嘩，易同學，你真是好市民。」

他輕輕閉上雙目。

有人在他手臂紮橡筋，針尖刺入，稍微覺痛，他放鬆四肢。

「我代表有需要人士道謝。」

易之乎睜開雙目，看到眼前人，唷，做夢了，又是這張小臉。

看到她穿着醫務人員制服，訝異得張大嘴，胸前名牌上寫着醫科三年生平果。

小臉沉着處理事宜。

她白天工作是一名醫科學生！

今天她雙手戴着薄薄膠手套，有人叫她，她走去幫忙。

原來紅掌的踊子白天讀醫。

是需要幫補學費吧，醫學院費用已屆天文數字，一些明明可以勝任功課的高材生知難而退，政府正考慮讓有志有力者免費升讀，可是政策遲遲未能實施。

先頭那漂亮看護説：「好了，你可以享用熱可可與餅乾。」

易之乎笑：「這是我捐血的原因。」

「呵，」看護調笑，「不是為我的緣故？」

之乎只是微笑，他用目光搜索平果，但不見倩影。

他道謝又道別。

不甘心，回頭望，卻看到她正在彩色氣球旁將腳踏車解鎖，已除下白袍，穿白襯衫卡其褲。

他走近擋住去路。

胡亂找個藉口，「初春難得有這麼好太陽。」

平果並沒有抬頭，輕巧躍上腳踏車，朝他點點頭。

「喂，」之乎心急，握住車把，「可否喝杯咖啡。」

她輕輕答：「我不喝茶或咖啡，我不喜野餐遠足電影，我也無暇晚餐聽音樂，再見。」

「大家是同學。」

平果已經駕車遠去。

碰一鼻子灰，吃了大檸檬，很明顯，易之乎與易者也感情路大大不同。

這時那漂亮女護出來收拾招牌，向之乎招手，之乎連忙跑開。

也許，他只能怪自家那取難不取易的毛病。

看來，想見平果，還得往紅掌。

易之乎向女侍打聽伊人。

女侍上上下下打量他，「這不應是你常來之地，父母讓你讀好書，你不要辜負他們。」

之乎一想，果然如此，不禁臉紅。

女侍說：「小平不是固定舞女，她與經理約定：廿四小時通知前來演出，日子時間由她決定，很有個性，舞技別致，故此受歡迎。」

「可否打聽一下，下次表演是幾時。」

一個中年女子走近，「誰打探小平，我是桂經理。」

易之乎挺身而出。

桂經理的目光像愛克斯光，「小子，她只想好好讀到畢業，跳舞，只為支持學費或生活費，艱苦不是你這種伸手牌可以明白，你別打擾她，你不適合她。」

之乎唯唯諾諾。

「別以為她是紅掌唯一學生，我這裏三山五嶽什麼人物都有。」

「是，是。」

「你請回吧，下次到紅掌請付入場費。」

之乎留下電話離開夜總會，有點頹喪，心情欠佳。

他得改變策略，這樣處處跟梢，人家會以為他纏擾。

桂經理待他離去，「哼」一聲，「大學生最麻煩」，女侍回應：「可是，他長得真漂亮」，「自以為是天之驕子」，「我想不會那麼天真」，「有必要便招保鏢」……

那邊，易者也帶尚可見四位家長。

易太太稱讚：「這女孩有股歡喜相，容易親近，個性坦率直爽，叫人安心，背景甚佳，獨生女，父母均是大學講師，比生意人澹泊清高。」

易先生笑，「易侖夫婦也開心的不得了。」

「根本父母接受與否他們都會勇往直前。」嘆口氣，「叫大人多加管教的人，一定沒有子女，父母不過憑運氣過日子。」

「別太悲觀。」

「前些時候有人計算養大一個孩子需要四百萬，通貨膨脹，怎止此數。」

「那人確樂觀過度，不過，豐儉由人，有志者事竟成，多少人苦學成才。」

之乎故意結識醫學院同學，打探平果這個女生。

「名字真有趣可是，她是我女伴的室友，你若願意請飯，我可以叫女伴出來提供消息。」

之乎請吃龍蝦牛柳。

那女孩很能吃，告訴之乎：「平果與我同房，她為人非常有禮，從不在我面前更衣，用浴室之際一定問我可方便，每天如此，而且十五分鐘之內自動出來，我把這叫做教養。她為人沉靜，不喜說話，甚少電話，整潔衛生，房間好像只我一人，我想，以後都找不到如此體貼室友。」

之乎靜靜聽着。

「你想認識她？」

「請勿告訴她我在打探。」

「平果是優異生，人人都知醫科苦繁深，功課極多，不可能有時間溫習兩次，一次記不住，也就完了，可是平果就是能過目不忘。」

「請問她家境如何？」

「是個苦學生，整天只吃三文治，不過加一杯牛奶，也夠營養，我亦很少大魚大肉，今天謝謝你。」

易之乎低頭不語。

「我知道的就這些。」

「醫學院學費每學期多少。」

「快要上萬美元，宿舍今年九月起加二十巴仙。」

「工程科多少。」

「七千。」

「都變成讀鈔票。」

誰說不是，父母前半生積蓄用來置住所，後半生供孩子讀書，前後加一起便是一輩子。

題目扯到是否一定要耽大學，「我有一個表兄做建造業，負責拉新屋電線，學了一年，考到文憑，收入理想，標準香餑餑，家裏燈泡壞掉都無暇換。」

「但那是藍領。」

「沒有他行嗎，少個把文學博士，生活依樣過。」

「這是什麼話。」

「兩位，兩位，可要甜品。」

「平果最喜焦糖燉蛋。」

之乎連忙多叫一客請她帶回宿舍。

「她是一個冷傲女子，精神緊張，一心只在功課，恐怕你會失望。」

之乎點頭，他明白。

「她讀書像復仇：不是你死就是我亡，也許，只有那樣才能成功。」

之乎很感激同學給他資料。

讀書似復仇。

四周圍同學都沒有復仇心理，有些玩到天亮缺課，有些醉到下課還伏在書桌上昏睡。

一日，之乎說：「最好有嚦嚦鶯聲讀功課給我們聽。」

者也告訴他：「我下月要搬出去住，有女友進出不方便你我，我租了小公寓。」

之乎忽然傷心，真正沒有不散的筵席，者也有他的打算，向前走是應該的事。

「廿一歲，是我獨立的時候，尚可打算搬來與我同住，畢業後我倆會結婚。」

啊，者也毋須多看。

「我已知道，沒有女子會比尚可更加適合我。」

這人真幸福。

「祝你幸運。」

「之乎，我爸一直說，福禍無門，唯人自招。」

之乎說：「我也只好離開宿舍，我不想與陌生人同房。」

「也好，寶貴住宿空間留給新生。」

易先生知道了只說：「我不贊成同居。」

易太太說：「誰問你意見。」

「我看，替之乎置一層公寓吧，將來一定用得着。」

「現在房價已經漲上。」

「買得起，未為貴。」

就這樣決定，兄弟分家。

之乎新屋有兩間臥室，他拒絕裝修，放一張單人床墊在地，其他書本用品全擱地下，近廚一張小桌木櫈，吃飯，做功課，全靠它。

做母親的說：「太簡陋了。」

易先生答：「傢具最簡單，將來女朋友會辦。」為父的充滿憧憬。

過幾日，易之乎收到神秘電話。

「這是紅掌夜總會，今晚十時，平果會演出舞踏。」

說完這幾句便掛斷。

之乎慚愧，原先他以為自己會得躊躇抵抗一會，但沒有，他連忙把功課趕出，騰出空檔。

晚上，急不及待，一個人到紅掌夜總會，這間舞廳距離他家並不近，他借一架偉士牌機車，停到橫街鎖在電燈柱，進去買票，早到半小時，坐在後座，怕平果看到他尷尬。

他要一杯啤酒。

舞女前來兜搭：「年輕人，可要到房間享受私人貼身舞蹈。」

「呃，呃，改天吧。」

「別害羞，這是正當娛樂。」

之乎低頭不語。

這時，平果出場，眾魯莽男子靜下來。

這舞女有股奇異魅力。

她帶着一隻巨型真人大小布偶，它手臂特長，可以打一個結，縛在她腰間，彷彿有人抱着她，最攪笑的是布偶生理完全正確，惹觀眾一陣笑聲。

她仍然穿半裸肉色紗衣，一邊姿勢柔美地舞踏，一邊與布偶細語，無限相思纏綿之意，女侍們都暫停工作，細細觀賞。

之乎看得鼻子發酸。

這時忽然有莽漢大聲叫：「寶貝，不要再想他，我來陪你！」

大家忍不住嬉笑。

這時樂聲漸低，一把女聲幽怨沉吟：「無人可與你比較」……

觀眾嘆息。

之乎高興不起來。

觀眾大力鼓掌，丟上小費。

她摟着布偶深吻，燈光熄滅。

跑這麼遠路，借機車來看她跳舞，也覺值得，這不止是一場艷舞，編導演俱全的心思令人回味。

離開舞場，在後門取車時看到桂經理與披着大衣的她低聲談話。

經理說：「每天表演一場，我願意付——」

「我實在騰不出時間。」

「真可惜，平果，昨日有人打聽你下落。」

「誰。」

「一個星探，富訊影業，你聽過吧，不算小公司！這是他名片。」

「暫時沒有興趣。」

經理無奈，拍拍她肩膀，回轉室內。

平果抬頭，忽然說：「還不出來。」

之乎怔住，她對他説話？她已看到他。

他只得驚喜緩緩現身。

「可否搭一程順風車。」

之乎忙不迭點頭，遞上頭盔。

「請送我回宿舍。」

「我已搬到公寓住，可否請你喝杯咖啡。」

她輕答：「我不喝咖啡或茶，我不喜野餐遠足電影，我並無暇晚餐聽音樂，請開車。」

之乎無奈，只得把她載回宿舍。

引擎噗噗，風一直吹向他臉，平果貼得很近，她一直在聽耳機，易之乎只覺得心房鼓鼓，有股難以形容酸酸滋味。

到了。

「以後不要再到紅掌。」

「為什麼，那是正常娛樂。」

「花費頗鉅。」

「我有零用。」

「講你不聽，算了。」

之乎忽然說：「那地方不壞。」

平果忽然笑了，把頭盔還他，「你相信就好。」

那笑容，如烏雲邊透出金光，小小沉寂的臉忽露歡容。

她已轉身回宿舍。

之乎呆半晌，才記得要回家。

他獨自喝啤酒到深夜。

週末是易唐詩孿生兒一歲生日，大家備妥禮物上門慶祝，講明不收塑料玩具，長輩送木馬，卡車，之乎者也送衣物蛋糕，還約了小丑表演。

擠得要退到露台站立。

今年，還添上尚可。
者也爬地上讓外甥騎牛牛。
宋詞問弟弟：「為何若有所思，心事重重。」
「看得出嗎。」
「全寫臉上。」
之乎摸面孔。
「是為女生吧。」
「你怎麼知道。」
「男生到了這種年紀，還有什麼煩惱。」
「詞姐有何忠告。」
「要理智一點，莫貪一時歡愉。」
「A heart wants what it wants.」
「之乎，世上還有其他。」

「我每天想她千百回。」

「爸媽與姐姐也極之掛念你。」

之乎把頭靠到姐姐肩上，「不一樣，我心渴望。」

「太誇張了，那女孩可喜歡你。」

「沒有同感。」

宋詞不相信，「怎麼會有人不喜歡我英俊純良的弟弟。」

之乎苦笑，「姐，你把我看得太好。」

「明日駕我的F型去接她。」

「姐，她不是那樣的人，她自力更生是半工讀的醫科生。」

「啊，讀醫科還能兼差，苦煞人，難怪無暇結交男同學，長得可美。」

之乎給姐姐看偷拍照片，「極之漂亮。」

宋詞仔細看過，相貌相當清秀，但距離極美還有好一段距離，不過，作為女子，只要有一個異性深覺她美麗已經足夠。

宋詞說：「有些人覺得戀愛應當痛苦，起碼要輾轉反側，我認為人生不論做什麼，至要緊開心，切勿做一些苦惱的事。」

之乎點頭，「你說得好。」

唐詩好不容易脫身離開孩子半刻，「可要忠告之乎不要太早結婚。」

「快說到該處了。」

唐詩給他們看一條片子，是兩個幼兒受父親斥責：「不准頑皮，要聽大人的話！」

那兩個幼兒，一個答「嘻嘻嘻。」另一個說「哈哈哈。」

之乎連忙笑說：「放到Vine上去，太有趣了。」

唐詩剛想說什麼，客廳有人叫她。

宋詞心細，「詩，你有話說？」

唐詩躊躇。

「今晚我再電話。」

唐詩點點頭出去。

之乎問：「詩姐有何感慨？」

「你說呢，女人有何煩惱。」

之乎一驚，「不會吧。」

這時者也找他，「家庭聚會人越來越多，這叫開枝散葉，擠爆地球。」

尚可如影隨形，「你們在這裏。」

者也說：「我有話同之乎講。」

之乎連忙答：「尚可也可以聽。」

尚可笑，「你看之乎多大方。」

「那我說了，之乎，聽說你到紅掌夜總會消遣。」

「去過兩次。」

尚可問：「那是什麼地方？」

者也看着兄弟，「不可再去。」

「那處門牌並無掛出『地獄』兩字。」

「給你知道是地府，你還會推門進去嗎。」

這時聰明的尚可已知有許多事還是不知道的好，她輕輕退出。

剛好小丑登場，幼兒嚇得哭，尚可機靈，請扮演者洗去白臉，露出年輕人本相，這才皆大歡喜，全屋是扭成動物形狀的氣球，彩色繽紛。

一隻氫氣球飛到露台上，輾轉一下，奔向藍天白雲。

之乎與者也似乎已經把話說完。

者也與尚可先告辭。

「可有節目？」

「社會關係處說有一位退休講師老太太摔壞腿，我們去幫她收拾家居。」

「我也做。」

「你做園子吧。」

尚可買蔬果，之乎選了若干花卉。

老太太八十三歲，原先活躍樂觀，一跤摔走精神，連洗澡都不能夠。

尚可扶她坐小櫈淋浴，傷腿擱浴簾外，扶着她。

之乎幫着吸塵、拾垃圾、拾報紙、洗廁所。

者也將盆栽放窗沿。

然後，做好茶點，大家享用。

老人一句怨言也無。

「我們下週再來。」

「怎好麻煩。」

「我們有空。」

之乎叮囑：「熟菜在冰箱，多吃水果。」

「謝謝三位。」

走到門口，年輕人不禁惻然，「老年真沒意思。」

「這是人類命運。」

「身邊有零錢的老人又好過些。」

尚可說：「別講這些了，我累極想回家休息，者也你不必陪我。」

者也說：「我當然陪你。之乎，記得我說過的話。」

之乎一轉身離去，尚可問：「你警戒他何事？」

「着他不可出入色情場所。」

「啊！你怎麼會知曉。」

「齊家與建國告訴我。」

「他們又怎麼知道。」

「你猜呢。」

尚可嗤一聲笑，「名字偏偏這樣動聽：齊家，建國，可見父母對他們也有期望，卻跑到色情場所助長壞風氣。」

「兩人說他們可以控制情況，怕天真的之乎沉迷。」

「對，都以為小賭怡情。」

「我並非辛苦壓抑，我真實厭惡該種場所。」

「這麼說，是我的運氣囉。」

有人多壞習慣，有人少一些。

星期一，天氣突變，大風，轉冷，之乎有一條不能再大圍巾，戴上出門，保證溫暖。

他在校園看到一隻母鴨帶着五隻毛茸茸小黃毛鴨忽忙往池塘邊走去。

他深覺有趣，跟在牠們後邊保護。

終於，一家六口躍入池水，之乎鬆口氣。

這時他發覺有人坐池邊長櫈冒風苦讀。

風那麼大，她秀髮凌亂，筆記自動掀頁，相當狼狽。

那人是平果。

之乎連忙摘下大圍巾蓋到她肩上。

「為何不往圖書館。」

「館內維修，關閉部份座位，客滿。」

「飯堂呢。」

「嘈吵。」

「可以回宿舍。」

「室友男伴來訪，不方便擠在當中。」

之乎苦笑，苦學生竟無容身之處。

平果身邊放着那副耳機，之乎一直想知道她聽何種音樂。放到耳畔，他聽到「人造血液全稱是全氟碳人工血液，具高度溶性，在血管內借氧與二氧化碳分壓高低進行瀰散，因此可攜帶氧氣與排除二氧化碳作用……」

當然，之乎微笑，她不會傾聽「我會永遠愛你愛你」這種歌曲。

之乎鼓起勇氣，「這樣吧，你可到我寓所溫習，保證清靜，這不過是權宜之計，請勿多心。」

這時一陣風，把落葉全捲飛打在他們身上，平果嘆口氣，「請帶路。」

小公寓就在附近，推開門，之乎說：「你請自便，我有課，下午四時才回轉，我替你做一壺熱咖啡，冰箱有紅燒肉，熱一熱送飯不錯。」

平果點頭。

「你溫習完畢關上門便可以走。」

為免平果尷尬，他即時離開寓所回學校與同學做研究。

一抬頭，呵時間過真快，一下子已經天暗。

他掛念平果，她做完功課沒有，她在他住所可覺舒適，連忙趕回家。

順手買隻比薩餅，打開門，不見人。

但她的筆記課本全在地上。

再看一下，他找到平果，忍不住微笑，她倦極躺在他床墊上睡着，仰着臉，像個小孩，沒有絲毫紅掌漬子。

之乎掩上房門。

免她不好意思，他往姐姐處做客。

沒想到宋詞也在，兩姐妹表情悲切。

像是哭過了，雙眼紅腫。

之乎一看，悲忿莫名，握住拳頭，大聲說：「那人若得失你，我把他頭顱割下提來見你。」

宋詞喝止，「你誤會了。」

之乎坐下，「說原委給我聽。」

「是兩個孩子，醫生說，他倆顱骨不長大，腦子已充塞空間，受到壓逼，再過些日子——」

唐詩大哭。

之乎退後，「怎麼辦。」

「要打開頭骨，做出空隙，給腦子生長。」

「成功率多少？」

「醫生說，已有成功先例。」

「我的天。」之乎鼻子通紅。

他們三人說着流淚。

「不怕，阿詩，我們支持你，大家輪流守候小孩。」

唐詩痛哭，「兩個均如此，我不知怎麼活下去。」

宋詞忽然如此回答：「勇敢地過日子。」

「嚴重性不能給長輩知曉。」

一會姐夫陳平也到了，這時才看到該名資深公務員的優點，沉着鎮定，一一告訴家人醫務上安排。

他們手握手連成一串禱告。

者也聞訊帶着尚可趕到。

可愛的尚可說：「我什麼都行，收拾打掃洗廁所，你們儘管吩咐。」

兩個姐姐苦難中也忍不住莞爾，尚可真似一線金光。

陳永佳與陳永康兩個幼兒下星期入院。

回家途中，易之乎累極，像是與十隻大老虎決鬥過，他這才知道，傷懷最勞神。

他以為平果已經離去。

但是她正收拾課本筆記。

「啊，真感激你，我做通一條大難題。」看到之乎神情萎靡，「咦，發生何事？」

之乎跌坐，把剛才情況説一遍，「才一歲，長得極醜，小眼睛擠一起，看不到鼻子，哭起來嘴巴比面孔還大，但是肥胖，像小豬玀般有趣，一個叫永佳，另一個叫永康，一模一樣分不開。」

他鼻子又紅起。

平果不出聲，取起平板電腦，打開，找到某頁，遞給之乎觀看。

原來該頁正講解同類手術。

平果輕輕說：「先掀開頭皮，把頭骨切成六瓣，似瓜皮帽子攤開，然後，在空隙中填上鈦金屬，合攏釘牢，縫上頭皮。」

彷彿再簡單不過。

只見幼兒躺手術床，洋娃娃般任群醫擺佈，最後，胖頭上紮滿紗布，戴上特製粉紅色頭盔，病人是一個小小女嬰。

之乎一向認為自己大膽，卻也看得寒毛凜凜，腰間酸痛如被插上一刀，心中悲惻：那麼小就吃大苦，怎麼辦好。

「他們年紀幼小，無知無覺，不會害怕。」

讀醫的人都勇敢無比。

「別害怕，幼兒會康復，切莫大人先嚇壞了，醫生會得把他們頭骨先做３Ｄ模型研究最佳切割方法。」

「小小人頭吃得消嗎。」

「沒問題，嬰兒如硬幣大小心臟亦可做手術。」

「你修兒科？」

「還早着呢，希望勤讀有機會修矯型科。」

反客為主，平果給之乎做咖啡。

「我要告辭了。」

「記得我這裏有溫習室。」

「我得付你租金。」

「時租五元，咖啡公價一元。」

「一言為定。」

「天黑，我送你回去。」

得磨父母要一輛小房車了。

唐詩夫婦還得強顏歡笑過日子，孩子被送進病房，還以為是託兒所，爭玩具，大聲吵，者也看着心酸。

結婚也許，決不生孩子，自顧不暇，怎麼照顧幼兒。

等到爸媽要走，雙胞胎才大哭。

者也說：「我陪他倆，我不走。」

一手抱一個。

幼兒緊緊摟着舅舅，「Doh！」他們那樣叫他。

醫護人員笑出聲。

對他們來說，沒有不能的事。

手術期間，之乎與者也對孩子們的祖父祖母外公外婆報告消息。

老人家嚇得面孔煞白，又不敢露出真感情，嘴唇簌簌發抖，之乎斟出拔蘭地壓驚。

終於，等到深夜，手術做妥，大家趕往兒童醫院。

祖父二話不說，先到管理處捐款。

又等好一會，醫生才讓他們隔着玻璃看兩個病童，只見胖頭纏滿紗布，頭臉腫得如一團麵粉，根本不知誰是永佳，誰又是永康。

他們光着膀子，搭滿管子，手腳像大字那樣攤開，一動不動。

唐詩與宋詞忍不住嚎啕。

醫生說：「他倆明後日可度過危險期。」

之乎回校，在課室門口，看到平果。

他驚喜：「等我？」

她點頭，「永佳與永康如何。」

之乎據實相告。

平果鬆口氣。

可見她也相當掛心。

「一起吃飯吧。」

「沒有時間。」

「我不信所有醫務人員都不用吃喝。」

「咦，你說對了，幾乎所有實習醫生全無暇吃健康食品，肚子餓只在飯堂抓甜圈餅入口。」

平果的話漸多，這是好事。

他喜歡聽她說話，她知道民間疾苦，但不抱怨，反而當作激勵。

比起她，易者也的尚可，單純得多。

「家人可知你辛苦半工讀。」

「我愛家人，願意為他們付出，但，我們相處不來。」

啊，之乎覺得自己幸福，「在父母姐姐面前，我永遠像孩子。」

「看得出他們寵愛你。」

之乎腼腆。

一件事導致另一件事，這些看來毫不重要，無甚關係的瑣事，卻串連整個人生。

易家諸人在兒童醫院集合。

壞消息：永佳康復情況理想，永康的頭骨與腦子之間積瘀血，需要再一次打開清除。

者也聽得頭皮發麻。

唐詩眼淚已經流盡，呆呆地抓緊一隻破舊毛毛玩具發獃，不發一言。

之乎走到走廊，面壁。

「老人家們可知新發展。」

「怎麼敢讓他們知道。」

之乎忽然說：「生死有命，小小孩兒怎麼可以再次無把握打開頭骨，不如就此罷手，我敢肯定，他一定會往天家，上主需要這種小小長肉翅小天使。」

者也說：「你不是他父母，你不知道。」

「我也是不忍心。」

永康微微醒轉，兩個舅舅穿上醫院袍及口罩進去，握住小小手，就在這時，永康睜開眼，看到舅舅，「Doh」，他認得他。

之乎眼淚奪眶而出，小小有意識生命懸於一線，太殘忍了，他抬不起頭。

尚可在門外看到，忽然發覺她是個外人，愛莫能助，在一旁站不是坐不是。

她嘆口氣，走到外邊候診室，在售物機買一杯熱咖啡，坐下。

對面一個衣着整齊考究的中年太太，手帕掩臉，不住飲泣。

醫院內負能量甚多，尚可天生熱心，走近，把手中熱咖啡遞給中年太太。

她抬起頭，忽然說：「王小姐，你終於來了。」

尚可知她認錯人，剛想分辯，她已握住她的手，「我不知多想你來探望麥籽，打過多次電話給你——」

這時，有一個女傭走近，「太太，粥帶來了，請喝兩口。」

那麥太太一直抓緊尚可的手，似怕她逃脫。

傭人也說：「王小姐，你也吃一點。」

可見那王小姐，長得與尚可必有幾分相似。

「來，一起去看阿籽。」

她拉着尚可走到另一邊病房，推門進去，一年輕男子躺病床牢騷得不得了，看護說：「麥先生不讓給我刮鬍髭。」

麥太太連忙說：「王小姐，請你幫忙。」

尚可忽然覺得自己有用。

「阿籽，看是誰來了。」

那麥籽抬起頭，尚可輕輕走近，接過剃鬚膏與剃刀，坐在床沿，輕輕撫摸年輕人下巴，她一向喜歡男子鬍髭，她不介意做志工，靜靜用心替年輕病人刮鬍髭。

年輕人注視她，被她用力擰轉面孔，「別動。」

麥太太破涕為笑，與女傭走出病房。

病人問：「你是誰？」

「王小姐。」

「不，你不是王小姐。」

這時尚可用熱毛巾敷他臉，啊，看清楚了，是個英俊男子，但雙目憔悴。

「你什麼事住院？」

他忽然掀開被褥，尚可呆住，他左腿齊膝下已被切除。

她連忙替他蓋好被子。

「喝碗粥吧。」

打開暖壺一看，「噫，皮蛋瘦肉。」

盛出兩碗，自己先鮮甜地吃起來，一下子吃完，「唔，好味。」

她把另一碗遞給麥籽，「不要難為老人家。」

那年輕男子被她感染，取過粥喝一口，味覺忽然恢復，他也很快吃完一碗。

尚可輕輕說：「下次，叫她們準備象拔蚌粥，我明天這個時候再來吃。」

本來愁眉百結的病人忽然咧嘴笑。

「我走了。」她握一握病人的手。

麥太太追近，「王小姐——」

「我明日再來。」

手上還有肥皂香味，尚可忽覺輕鬆。

易者也的外甥入院醫治——她陪他而來——否則不會無意認識麥籽這個人。

她問看護：「麥先生什麼事失去一條腿。」

「交通失事。」

「跑車太快？」

「他在馬路電光石火間推開救助小孩，自己壓到貨車下。」

「啊。」

「是王小姐吧，你終於自倫敦回來看他，真好，病人最需要鼓勵。」

尚可離開醫院，她沒向易者也告辭，他也沒找她，她不怪他，易家忙得頭都昏了。

半夜，者也終於給女友電話：「永康又送進手術室，永佳進展良好。」

「啊。」

「託你做一件事，上次那摔到腿的婆婆——」

「我知，明早是探訪期。」

「煩你獨自去一趟，她喜歡吃蘋果餡餅。」

「明白。」

「拜託。」

「你我之間，不必客氣。」

「過了這個難關，我給你補償。」

尚可已經掛斷電話。

第二早，她到蛋糕店找餡餅，幸不辱命，提着去見那婆婆。

她精神好多，尚可陪她坐一會。

婆婆忽然說：「你是者也的女友。」

「婆婆好記性。」

「他兄弟倆長得相像，但到底是兩個人。」

尚可微笑。

「他們之中，一個感情道路有挫折，另一個也略為轉折。」

「呵是嗎，婆婆懂得看相。」

婆婆生活經驗豐富，事事看透，堪稱半仙。

女傭上門收拾地方，打掃廚房浴間。

她悄悄與尚可說：「婆婆很久沒付工資。」

尚可走到角落，數幾張鈔票給她，「請你多來幾次，工資在這裏扣除，沒有了再同我說。」

「是，是。」

臨走，尚可問婆婆：「請問我的將來如何？」

「年輕人都渴望知道未來。」

尚可賠笑。

老人毫不猶疑地說：「你是一個善心女，將來當然幸福。」

好話人人要聽，尚可眉開眼笑。

她到醫院探望。

小永康第二次甦醒，失去哭泣力氣，但情況「謹慎樂觀」，易唐詩好幾天不吃不喝滯留醫院，外型惡劣，醫生着她回家休息，否則要打點滴。

者也緊緊擁抱姐姐，他也嘴唇乾裂。

看到尚可，嗚咽地說：「別走開。」

之乎說：「麻煩尚可替我們找些吃的。」

尚可只得到小食部買三文治。

忽然有人說：「哎呀，王小姐，這些三文治像三夾板。」

原來是麥家女傭，「王小姐，我替你做了粥及素餃，還有西洋參茶，小麥先生等你呢。」

尚可連忙接過籃子跑回原處。

者也看到她，「這麼快。」

她把整隻籃子遞給他，之乎聞到香走近打開蓋子用手抓起餃子送入口。

「嘩，這麼香口，是哪一家的餃子。」

大家都走近分着吃。

尚可借花獻佛的內疚全消。

她輕輕回到麥籽房，只見他呆呆看着窗外。

護理人員正向他解釋各種義肢用途。

尚可走近，握住他的手。

麥太太說：「王小姐，吃碗雞湯煨麵。」

她借故出去。

尚可二話不說，吃得啜啜聲，這種滋味聲雖無禮貌，可激起食欲。

她盛一碗給麥籽。

他也一聲不響吃完。

尚可坐好，「今天，你要我為你做何事。」

麥籽忽然微笑，「不好意思說出口。」

能笑就好，這小子，還有心情吃豆腐，尚可打蛇隨棍上，鬼祟地說：「我讀黃色小說給你聽。」

麥籽咧開嘴，笑得彎腰，「王小姐，哪一本，可是有關格雷先生。」

尚可在手袋取出一本小書，它其實是「機械工程十大難題解析」，她用膩嗒嗒聲線創作：「他的手掌強大而柔軟溫暖，輕輕捧起她的臉，凝視一下，不知該先吻何處，她的唇似櫻桃，他初見她便想親吻，終於——他的另一隻手往下滑……」

講到這裏，尚可自家先哈哈笑出聲，麥籽也忍不住大笑。

麥太太對女傭說：「王小姐真好本事，阿籽只被她引笑。」放心不少。

尚可看到義肢，「這隻叫芝泰豹子腿，運動用；這隻塑料製栩栩如生，跳舞用。」

麥籽忽然問：「王小姐，你會陪我跳舞？」

「我會請你跳舞。」

「一言為定。」

這時外邊一陣擾攘。

尚可本能站起，攔在麥籽前邊。

只見一行數人不顧阻擋，一進病房，齊齊跪倒，向麥籽叩頭。

尚可即時知道是什麼人，她仗義發言：「太誇張了，已成事實，若要麥先生犧牲得有價值，你，」她指着那男孩，「你好好讀書，孝敬父母，以後小心做人也就是了，快出去，麥先生需要休息，以後別再出現，快起，快走。」

那一家人哽咽，連祖父母、父母、孩子，一共五人。

看護拉開門，「醫院肅靜，快走吧。」

他們再三鞠躬，才退着出去。

那個約八九歲小男孩臉上腿上也擦得很傷，頗吃了點苦。

他們走了，麥太太含淚說：「王小姐講得真好。」

尚可據實答：「他們像演出本市電視劇，我也記得那些對白。」

這下子連麥太太也笑出聲。

麥籽忽然握住尚可的手，深深吻一下。

他說：「母親我想早日出院與王小姐去跳舞。」

天上掉下一個王小姐。

麥籽出院那日，雙胞胎也出院。

西醫真厲害，那樣也救得活，縱還有不足之處，已叫家族感激不盡。

尚可卻沒有隨大隊回陳家。

她對者也說：「我學校有事。」

走到停車場，被麥太太拉住，「王小姐，一起，一起。」

不知怎地，尚可上了那部黑色大房車。

車裏有人需要她。

同行有一名男護，正解釋天天要做物理治療，從新學習步行。

麥太太問：「跳舞呢？」

「三四步沒問題，樂與怒要好好多練。」

車子駛入私家路，在林木蔭蔽的兩層獨立房子前停下，啊，沒想到麥家這麼富裕。

「王小姐請進來喝杯茶。」

尚可答：「我學校還有事。」

「王小姐真是好學生。」

這時，麥籽明亮眼睛看着別處，他不想勉強女孩。

尚可忽然主動握住他的手，「有蛋糕吃嗎？」

麥太太歡喜，沒聲價着人準備。

麥籽輕輕說：「你不是王小姐。」

這時他坐輪椅上，尚可蹲下，「我不是王小姐，誰是王小姐。」

「你總得把真實姓名告訴我。」

「王小姐。」

麥籽再一次被她逗笑，握她手放腮邊不放。

尚可終於把通訊號碼給他，他不消五分鐘可追溯到她真實身份。

喝完下午茶尚可告辭，另一名司機駕另一輛房車送她返回市區。

怎麼會在數天之內進展得彷彿已經認識他三年，是同情他的緣故，抑或，敬佩他見義勇為？

那邊，孿生子頭臉漸漸消腫，照樣吃喝玩樂淘氣，者也給尚可看一條片子：兩孩戴着保護頭盔，扭打時互相撞頭，咯咯響，好不驚人。

平果看過，握緊拳頭，「這是我要做醫生的原因！」

她有股革命似狂熱。

「平，我可以資助你學費。」

「謝了，我如接受你的餽贈，便成為包養女子，原意全消。」

「那麼，我們結婚吧，名正言順，是易家媳婦。」

平果慢慢靜下。

「婚後可以好好安靜讀書，三餐一宿都有人照顧，每朝洗臉漱口後便可邊吃早餐邊讀功課，一定高中狀元。」

「太吸引了。」

「好好考慮。」

「假使長輩問『你倆在何處結識』，說是紅掌夜總會。」之乎氣結。

他帶平果探訪永佳與永康，他們朝他奔近，「Doh」，之乎緊緊抱住，鼻子通紅，這樣小就自鬼門關打轉回來，他不願鬆手。

他簡單與唐詩介紹：「我的結婚對象同校醫科生平果。」

唐詩訝異，「爸媽知道否。」

平果站一旁，神色躊躇，這是怎麼一回事，不是說，她連喝茶吃飯看戲聽音樂的時間也沒有，怎會忽然同這魯莽小生談到婚嫁。

唐詩打量平果。

這年輕女子眉宇間有股堅毅之氣，學識與外貌均屬上乘，只是事情太過突然。

「你們認識多久？」

之乎勇敢回答：「一百年。」

「互相了解是否足夠。」

「詩姐，你可探取到姐夫內心深處？」

唐詩笑，「把你詞姐也請來商量。」

「放心，我們不是明天註冊。」

「平小姐，那以後是自己人了，有空請多來探訪，切勿見外，有事叫一聲，易家軍一定趕到。」

平果即時感動，真沒想到會聽到如此慷慨熱情的話，她沉默。

不久之前，她有一個男友，分手之際要索回一些小禮物，她一言不發，全數奉還，從此之後，她認定已經沒有時間精力喝茶吃飯看戲遠足。

不過，這也不表示她會接受易之乎支持學費及生活費。

她與紅掌桂經理會談：「以後，不再表演。」

經理一見她就知道就裏，這種事她見得多，少說上百次。

「怕男友不高興。」

平果點頭。

「他說，他會對你負責。」

平果不出聲。

「今日可能是，明天呢，他也是個學生吧，我約莫知是誰，我見過此人。」

「我還是靠自己。」

「他有出聲叫你辭去表演？」

「是我自願。」

「看，到頭來是你自作多情，自毀長城，你此刻場場滿座，快賺夠學費，一心退下，做個良民，小姐，一旦有什麼閃失，你想復出，不是那麼容易，觀眾口味已變，你恨錯難返。」

平果呆住，過片刻，她緩緩說：「我肯定您老說的全是金石良言。」

「平果，世上似那小子般人才，車載斗量。」

「似我這般籌學費舞女，也不勝枚數。」

「一週一次，我可以預支半年酬勞，即——萬，小費全歸你所有。」

平果意外，沒想到自身有如此招徠力量。

這時，老闆也出來，他二話不說，寫一張支票給平果，「把學費統統付清吧。」

「我先想一想。」

平果離去。

那老闆說：「我聽有人在外邊講：『去平果那家』，紅掌都快要更名。」

「有她在，紅掌與別的夜總會不一樣。」

「看樣子她堅決要走。」

「也不要勉強，紅掌是正當生意，莫讓人說紅掌逼良為娼。」
「別激動誇張，我會發掘更多學生，把表演更進一步提升，譬如說：兩幫女生，本在比賽排球，忽然揪打起來……」
「好主意。」
「又男秘書與女上司深夜在辦公室趕工，悶得慌，喝酒解悶……」
「你怎麼想得到。」
「自平果處得到靈感，人人上場便纏住鋼管扭身子，看得厭怎討好客人。」
「你去着手選角。」
過幾日，校務處找平果。
平果忽忽趕到。
校務主任一臉笑容，「平同學，請坐，讓我們談談你的財政狀況。」
平果不出聲，遞上最新一期學費。
「平小姐，已經有人付過了。」

什麼，這不是一餐茶資，有誰會搶着付賬。

看到她詫異的樣子，主任也這樣說：「我們只收到律師事務所寄來一張便條及支票，指明替你支付學費及寄宿費用，上邊有你正確學生註冊號碼。」

「律師代表何人。」

「一位隱名人士。」

多麼奇怪。

「平同學，你一向成績優異，如今可以放心讀書。」

平果站起告辭。

她心中有數，她背後的贊助人，一定是易之乎。

難得他如此顧全她自尊心。

她發電郵到那間律師行道謝，「這不是一筆小數目，將來有能力一定歸還。」

代表律師只答：「用功讀書。」

平果雙肩如卸卻千斤重擔。

當初她為學費籌謀，曾得罪家人，被譏為好高騖遠，貪慕虛榮。

後來，她曾與心理科同學談過這個問題，她們說：「不是幫不了你，是你不切實際，一定作如是演繹：你不應開口求貸，陷他們於不義。」

不久她離開家人，獨立生活，當然捉襟見肘，但凡事總要有一個開頭，她早有心理準備長期抗爭。

紅掌夜總會的演出，經濟上幫了她整整兩年。

她節衣縮食，只穿卡其褲與白襯衫，球鞋破爛，冬日加一件尼龍棉大衣，但，知識長進足以彌補一切不足。

為什麼這樣吃苦，只好說人各有志。

不日，有人到易昆夫婦面前說閒話，「你們家之乎是同一位平果小姐來往吧，這名字太像藝名，你說可是，聽說一間紅掌夜總會也有個舞女叫平果。」

易昆立刻說：「你常去那地方，你太太與女兒可知道？小心啊。」

易太太在一旁笑出聲，「至於我們，信任之乎的眼光，他看中的，我們一定喜歡。」

對於無聊的，不知自重的人，最好不予理睬，否則也只能精靈作答。

這些閒話，之乎要在事後才自唐詩口中得悉，他很佩服父母智慧，長者，要有長者樣子。

易之乎沒想到他的感情生活會得比始料順利。

易者也卻受到意外打擊。

尚可收拾私人物件，自他公寓搬走。

他瞠目張嘴，想都沒想到有這麼一日。

不是都論及婚嫁了嗎。

尚可說：「我還要想一想。」

易者也不笨，他低聲說：「你另外有人。」

尚可這樣回答：「早些搬出比遲些好。」

者也頭暈血不上頭，一點先兆也無，像晴天霹靂，「你要與我分手，一年情誼，就此勾銷，你想清楚了。」

「相信我，這對我也不是一件容易的事。」

「你若離開，我一輩不會結婚。」

在這艱難時分，尚可卻被者也這一句賭氣話惹得笑出聲，「不會的，者也，你會比我更早舉行婚禮，以及早生貴子。」

者也還是第一次面對被棄這種事實，他一向是天之驕子，女同學心儀對象，沒想到臨畢業，突遭滑鐵盧，幸虧多年學養教養叫他臨危不亂，他沒有咆哮地問：「他是誰，他會比我好」或是「你會後悔」之類的晦氣話。

尚可離去後一個星期，他才把不幸消息告訴家人。

唐詩說：「呵，可憐的者也。」

宋詞說：「真看不出尚可如此不尚可。」

易太太說：「是她沒有福氣。」

者也忽然落淚。

一對孿生兒十分詫異，「Doh不要哭，」他們走近，「給你巧克力。」

「不哭，不哭。」

他們的醫護頭盔已經除下，頭顱上交叉疤痕如小小科學怪人，頭髮尚遮不住。

者也緊緊擁抱他倆。

說不哭，他足足哭了一個月。

還有，學業大退。

唐詩與宋詞談這件事，「真想不到。」

「這叫做意外。」

「不要擔心，誰沒有失過戀。」

苦得不能再苦的易者也坐在足球場看台上發呆。

這是他初會尚可之處。

初夏，下雨，他有穿帽斗雨衣，但一坐好些時候，難免淋濕，他不以為苦。

女同學知道了，心中不忍，有人說「簡直心痛」，自動組隊，每次輪流三十分鐘撐傘替他擋雨，蔚為奇觀。

男生不忿，「易者也怎會失戀，博同情」，「女生善待他，可有反應」，「呆若木雞」，「敗在誰手」，「一個街外風流倜儻的人」。

之乎到看台找他，好氣又好笑，「你快成大學奇聞，網上有你呆坐與不同女學生彩色繽紛的傘。」

者也不出聲。

「大丈夫何患無妻，還有，天涯何處無芳草。」

「我沒事。」

「是，你只是喜歡球場大雨風光。」

「快大考，我要勤力讀書，別騷擾我。」

「我與你同樣，不如搬回父母家一起溫習。」

「我情願一個人。」

「永佳永康見到我，一直往身後看，尋找另一個舅舅。」

「他們近況如何。」

「上星期醫生說進展良好，如無必要，不用檢查，看護們都不捨得，明年，要報名讀書了。」

「這麼快。」

「今日才明白什麼叫做流年暗渡，難得二十，容易三十，畢業後我打算到父親公司工作，恐怕沒有時間到南極流浪，幫非洲兒童鑿水井，以及往阿泰卡瑪沙漠觀星了。」

者也不禁微笑，「你這庸夫俗子。」

「你我兩對爸媽四個人已決定乘郵輪環遊世界，順便探討哪個城市是最佳退休居住之地。」

「婦女都喜歡巴黎。」

「住遊艇上也逍遙。」

「你會習慣辦公室生涯?」

「我會建議不必戴領帶上班。」

全家人都好奇,者也前女友尚可的新男友究竟什麼樣子。

答案很快來到。

那是一個慈善拍賣會,收入全歸愛護動物會,參與者捐出珍品,作出沉默拍賣:競投者在表格寫上款項數目,一小時後茶會結束,主席宣佈中選名單。

唐詩捐出一隻只用過一次的鮮紅鱷魚皮名牌手袋。

宋詞說:「你真夠諷刺:這是愛護動物會呀,希望沒人捐魚翅酒席。」

可是競投者眾,收回已太遲。

唐詩看到一輛簇新平治爬山自行車。

「噫,有意思,由誰捐出。」

主席指一指角落座位,「環球地產企業麥先生。」

唐詩看過去，見到一張熟面孔，尚可！

她仍然樸素可愛學生模樣，但是她對面的男伴，叫姐妹倆齊齊喝聲采。

那男子穿深色西服，沒結領帶，臉型五官晶亮，頭髮比一般男子略長，蓄小鬍髭，活脫像名牌西服模特兒。

唐詩用尾指碰碰宋詞。

「嘩。」

「輸得心服口服。」

唐詩垂頭，「別叫人注意。」

「噫，我少年也是標致女孩，卻從未遇見如此風流男性。」

「這個人有股流動瀟灑成熟從容感覺。」

「經你法眼品評，一點不錯。」

「比起他，之乎與者也都只是男孩。」

「你看他凝視尚可那寵愛目光，這人眼睛會說話。」

「但，會長久否。」

「也不能太貪，」宋詞嘆氣，「溫存過已經足夠，勝過所謂幸福地日日刻板枯燥例行公事過日子。」

「咦，牢騷。」

「太艷羨了，簡直妒忌，一看這三十多歲麥先生，就知道他會玩有經驗。」

「你難道還有遐想。」

「實不相瞞，我身邊人板板六十四，與木頭無異，挑選花朵，也靠秘書出手。」

姐妹倆不出聲。

這時那麥先生站立，走到擺放表格的長桌前查看競投記錄。

他足有六尺高，體態完美，忽然唐詩看到他左足是一件金屬弓形義肢。

「啊。」

她倆這才發覺尚可已站在桌前。

她有點訕訕，「兩位姐姐還記得我否。」

唐詩微笑，「易者也還在痛哭，怎會忘記。」

尚可垂頭。

宋詞連忙補一句：「仍然是朋友。」

那麥先生也走近，他微笑握住尚可手，拉到腰間，讓她倆清楚看到，她是他的人了。

尚可替他們介紹。

唐詩說：「我們還要結伴逛街呢。」

尚可忽然問：「永佳與永康好嗎。」

唐詩出示電話上影像。

尚可放心了。

宋詞走到門口還回頭張望，被唐詩拉走。

都明白了。

尚可遇到更好的，見異思遷。

女子最佳歲月，不過那三五七載，宋詞唸起宋詞：「春日遊，杏花吹滿頭……」

「你可是見過真的杏花？」

「櫻花、桃花、桂花，甚至在湖區見過雪白粉蝶似梨花，但沒有杏花。」

「我等城市水門汀生物，可是連惆悵也不懂得。」

「真好笑可是，偶然見到一個英俊男子，忽覺家務煩不可耐，丈夫及其家人無比嘮叨，而我這一生，也差不多完結。」

「難道還離家出走不成。」

「忠告諸姐妹，勿過早妥協。」

「過了三十，尚無歸宿，縱有工作朋友，也十分孤苦。」

「結婚抑不結婚，真是兩難。」

「你尚無子女又還好些，我抱着兩名動過大手術孿生子，除非天家，無處可去。」

「唐詩！」

那邊，麥籽笑，「那兩位美麗華貴的太太，是你什麼人。」

「朋友的姐姐。」

他頓時明白，「至今對你尚和顏悅色，可見是有修養人家。」

尚可不出聲。

「我前任女友，見到我要殺我。」

尚可看着他，忍不住摩挲他鬍髭，「你該死。」她喃喃説，把小臉趨近，讓麥籽吻她。

過幾天，麥籽告訴母親：「我打算向尚可求婚。」

麥太太心酸，「可有把握？」

「七成。」

「她比你小十年，明年才畢業。」

麥籽微笑，「我不計較。」

「誰說是你。」

麥籽在家穿短褲，一隻小腿連腳是義肢。

「她不介意？」

「尚可不是那種人，我反而因此加分。」

「她可知道你缺點。」

「過去女友多不是錯失。」

「你有把握婚後會忠於這單純女子？」

「以及我們的子女。」

「我兒！」麥太流淚，欲語還休。

「母親，我打理一爿地產公司，我還有腦袋及雙手可用，你別傷感。」

麥太提起精神，「是，是。」

又歡喜起來，「女方有何要求。」

「什麼都不要，當然，婚後衣食住行均由男方負責，她也許會到環球地產幫忙。」

「首飾與聘禮呢。」

「尚可全無類此概念。」

「看得出來，但，為何當初你認她是王小姐。」

「誰是王小姐？」

「真的王小姐在什麼地方？」

「誰知道？」

麥太太往相熟珠寶店看首飾，連店員都問：「恭喜，是娶王小姐嗎？」

麥太太悄悄答：「是一位尚小姐。」

店員駭笑。

老闆娘親自招呼。

「最近可是流行彩色寶石。」

「那些都是從前印度摩珂拉妮戴足踝上的穿孔彩石，不經看，送媳婦，當然是鑽飾，上次贈王小姐那套首飾，可是我們鎮店之寶，要不，珍珠也妥。」

麥太太看了看，「這好叫珍珠？」

「海水升溫污染，是，不比從前了，好珠奇缺，價格升上十倍不止，麥太，你願割愛，把你收着的項鏈轉送吧。」

「還有，我不要非洲血鑽。」

不會，全是加國有證書的好寶石。

那是麥太消磨時間好地方。

珠寶盒子打開，麥太覺得有面子。

麥籽這樣說：「我倆決定簡約結婚，不請喜酒，盼母親大人體諒。」

麥太嗒然，「反正你爹已經不在，什麼都沒有意思，簡單也算了。」

麥籽取出鑽戒說：「尚可，你可願意嫁我麥籽為妻，終身不貳。」

麥籽真沒想到會有心甘情願求婚這樣一天。

過去那王小姐軟硬兼施，他始終不願就範。

她一怒而去，他也不去尋找。

結果，在醫院邂逅尚可。

開頭聽見眾人叫尚可為王小姐，他以為真是王小姐，心想，算了，彼此諒解吧。

但可愛明媚的尚可比功利的王小姐更適合他。

他變得比任何時候都想結婚。

這時尚可怔怔看着拇指大鑽石，她也感慨，滿以為會是易家人呢。

她緊緊擁抱麥籽，「好，好。」

他溺愛她。

麥不會把她當同學、友伴、同輩，他寵愛她。

他有一個動作：自身後把下顎放她肩上，雙臂環抱她腰，沉默不語，沉醉其中。

尚可知道不能離開他，他是她愛人，並非小友，她願意與他共同生活，能多久便多久，最好看他老去，是否仍然如今日漂亮，也夠有趣。

她戴上戒指。

兩人隨即動身，往巴黎度假。

這時，尚可才知道丈夫會說流利法語，在自置福克大道公寓內每早親自做早餐給她享受，每天煎的香腸與菇菌都不同種類。

唔——唔。

每天睡到清晨天濛亮便站羅浮宮外排隊等開門，入內，坐蒙娜麗莎畫像前三十分鐘觀摩，然後離去，那時，宮外大門遊客已經圍繞打蛇餅。

之後，他們蹓到梵高面前，那是他最後作品麥田烏鴉，尚可還是第一次見到該畫真跡，一看，嚇一跳，退後半步，畫中肅殺絕望悲忿惶恐之意，襲人而來，負能量驚人。

麥籽暗暗留意愛妻神情，知道沒娶錯人。

昔日，王小姐坐欖上低聲抱怨，「走得腳都痛，我約好香奈兒看他們珍品」……

尚可也想置時尚禮品送朋友。

結果只挑兩隻小背囊給永佳與永康。

女傭前來收拾，「王小姐……」

尚可微笑，「現在是麥太太了。」

「啊，賀喜恭喜。」

她不介意，她又何嘗不是險險成為易太太。

易者也在他們回到本市才在報章社交版上讀到消息。

他本想嚎啕，卻擠不出眼淚。

正式打出句號，時間會治癒一切傷口，不過，每逢颳風下雨，總會隱隱作痛。

他同詞姐說：「該人，竟如此富有。」

「尚可不是那樣的人。」

「世道難行錢作馬。」

「你酸溜溜似失意老頭子。」

「把F型借我，我要出去追女孩。」

詞姐把車匙放他手中：「去，去。」

不過一星期，車身四隻角碰凹，幸虧氣袋均未彈出，拿往車行，師傅一看，「換前後車檔吧。」

這叫打前後掌。

者也說：「不要讓車主知曉。」

師傅打價：「盛惠十萬零三千，老主顧，先借一輛同款車給你使用，三日後——」

有人插嘴，「咦，慢着，這是宋詞的車，你是誰，怎麼把車撞得稀巴爛。」

者也抬頭。

啊，這是一個經典美女，白皮膚、大眼、長髮、三圍顯著、穿窄皮褲露腰小T恤，雙手撐腰。

師傅眉開眼笑，「宗小姐，我立刻把你的車駛出。」

那宗小姐看牢易者也，「你是誰？」

「我是宋詞的弟弟，你又是誰？」

「有何證明。」

者也出示電話裏影像給她看。

「我知道了，你是易之乎？」

「不，我是易者也。」

她也出示照片，正是宋詞與她頭碰頭合照。

電光石火間者也明白，「你是宗珊。」一顆明星。

師傅已着人把車駛出，那是一輛銀色MK2舊款車，未夠百年，未算古董。

「你是宋詞的弟弟。」

「不錯。」

她忽然笑，「我載你一程。」

不知恁地，者也婉拒，「我們不順路。」

宗珊氣結，自七歲開始，她還是第一次被男性推開。

她看着者也駕車離去。

在學校，者也接到詞姐電話。

「你碰到宗珊？」

「她不是我那杯茶。」

宋詞噴飯，「你喜歡也不一定喝得到。」

「那最好不過。」

「我的車，可是報銷了。」

「打過掌新的一樣。」

「我並非心痛車子，兄弟，你魂不附體。」

者也沉默。

不止是他感情有挫折，宋詞自身也不妥。

晚上，她邊更衣邊對丈夫劉准說：「我有遠行。」

「往何處？去多久？」

「陪宗珊去加州讀濃縮電影課程，順道拍攝特輯。」

「什麼。」

「為期八個月。」

「為什麼要你陪？」

「我對該課程也非常有興趣，公司付學費及生活費用，是個好機會。」

「你並非徵求我意見，你只是通知我。」

宋詞不出聲。

「這一去，你毋須回來。」

宋詞一驚，維持沉默。

「這些年，你早出晚歸，從無假期，同那班做人如做戲的編導演瘋瘋癲癲，我苦苦忍耐，沒想到你變本加厲——」

宋詞忽然開口：「不，你已經不愛我了。」

「什麼？」

「你此刻已不再愛我，所以不再容忍。」

劉准站起，「你胡謅。」

宋詞輕輕說：「我們分居吧，回來，我會另覓新居。」

「就這樣？」

宋詞掩上書房門，在沙發上睡了一晚。

劉准沒有進房苦苦哀求，他大概也覺得冷靜一陣是好事。

唐詩知悉此事，欷歔得長嗟短嘆。

宋詞說：「不必驚訝，全球離婚率已超過百分之五十。」

「不能挽救了？怎麼看你倆都算是模範夫妻。」

「能吵架總算還有些少感情，足以動氣，我們似兩件傢具，各放客廳一角，互不干涉，無話可說，有時，怯生生找話題，竟討論八大山人畫中鳥獸均反白眼有何意思。」

唐詩不出聲。

「你倆至少可以說孩子，爭論是否進國際學校。」

「爸媽知道沒有。」

「不想煩他們，花甲長者，只管吃睡玩就好，晚年總算賺回一些逍遙。」

「說得好，但，你倆分手一點先兆也無……」

「不給你們知道而已。」

過兩日宋詞往律師事務所做妥分居書，着他們送到劉准那裏。

然後，收拾一些隨身衣物，便隨大隊出發。

唐詩送她，「你要知道，我有孩子走不開，你需回來探訪。」

宋詞點頭。

宗珊穿高跟靴子啪啪啪走近，「易者也呢？」

之乎與者也都來了。

宗珊眉開眼笑，「嘩一模一樣，宋詞，這些年來，你竟把他們收到如此秘密。」

事後之乎對者也說：「清平世界，調戲良家男子。」

者也忍不住笑。

之乎說：「我要結婚了。」

「你女友的醫科不知還要讀多久。」

「我先做事支持家用。」

「你就如此偉大。」

「愛她就不覺辛苦。」

「心會變否？」

「不知道。」

「詞姐要離婚。」

「他倆一直各歸各，我們見他倆之際，可能也就是他們見面的時候。」

「只有極端相愛及非常富裕，才能整天黏在一起。」

像麥籽與尚可。

尚可畢業那天，他派人送一貨車鮮明花束，打開車斗，任由同班同學們挑選，與眾同樂，大家笑不攏嘴，不久另一架餐車駛至，免費提供各式飲料糕點。

他人呢，會不會乘降落傘自天而至。

沒有，他坐車，穿貼體西服，可是沒結領帶，理過髮鬚，一臉笑容，雙目閃亮出現，輕吻尚可。

尚家眾人無話可說，那樣一表人才，又懂得生活，年紀亦不算太大，夫復何求。

他帶着攝影師與美術指導，先拍照，再入場，什麼都想到了。

尚可上台領取文憑時，他大聲叫喊：「Bravo Bravo！」

尚家笑出聲。

易之乎與易者也同屆畢業，坐同一禮堂，目睹一切。

事後之乎對平果說：「我忽然明白為什麼會有人持槍擊斃情敵，實在做得太過份，叫人顏面不存。」

「者也怎樣。」

「他很沉着，一聲不響。」

「大丈夫，好漢子。」

「但我怕他壓抑過度。」

「不會，都過去了。」

「類此屈辱，永不磨滅。」

「多陪他一點。」

「我倆都得開始找工作，嗚呼噫唏。」

做人就是這樣，還是精英呢，過了一山又一山，過了一關又一關，沒完沒了。

對，還得抽出時間精神應付失戀。

尚可對易者也十分殘酷，對別人卻合情合理。

她去探訪婆婆。

女傭開門，看到是她，不禁辛酸，「尚小姐，你來了真好，」聲音低下去，「恐怕是最後一面了。」

尚可驚心，連忙入內。

只見老人坐安樂椅，穿得很厚，她蹲下握住婆婆的手。

婆婆抬頭，她視線已經模糊，看不清是誰，但也微笑示意，半晌，她像是想起來，「你一個人？」

「我結婚了，婆婆，你沒見過他，今天我一個人。」

老人點頭，緩緩說：「祝你幸福。」

「可是，」尚可口吐真言，「我傷害另一個人。」

婆婆微笑，「別擔心。」

就這麼幾句，老人已倦，閉上雙目養神。

尚可放下水果糕點，依依不捨話別。

這時，老人忽然伸一個懶腰。

尚可垂頭。

女傭說：「放心，尚小姐，我會一直在此，婆婆早有安排，電話上貼有一個號碼，凡一有事，知會那一方，立刻有人前來辦事。」

尚可吁出長長一口氣。

她給女傭紅包。

「婆婆已經付過。」

「你儘管拿着。」

她出門，看到易者也前來。

尚可鼓起勇氣，面對面，點一下頭，向前走。

者也並沒有叫住她。

各歸各探訪同一人，心思依舊。

尚可連一支牙刷也沒帶就搬進麥家。

仔細看環境，決定升讀管理科，以便往環球地產上班，都快成職業學生，她自嘲。

另一邊之乎與者也呻吟「世道艱難」，連環面試工作失敗，苦不堪言。

唐詩說：「再接再厲，前赴後繼。」

者也說：「我想放假。」

「也應該放鬆一下，去，找你詞姐。」

「之乎也可一起。」

「之乎不如一起往加州蜜月。」

「真不敢相信之乎那麼勇敢決定結婚。」

「各人際遇不同。」

離出發前，他又寄出若干求職信。

宋詞派人接他。

定睛一看，那人是大明星宗珊。

今日，她換過樣子：化妝全卸，露出潔白皮膚，大T恤，老式也最新式腰間打褶寬腳褲，牛津鞋，足足年輕十歲，與者也距離拉近。

「不敢當，怎好叫大明星當車伕。」

「我們諸人一腳踢，什麼都學做：臨記、化妝、服裝、道具、攝影、伙食，每天累得似打過一仗，比冰天雪天內蒙拍外景還苦，但，精神亢奮，工作對人來講，真正重要。」

沒想到她會實實在在，智慧簡約地講出這番話，再看她，感覺完全不同，仍然是美女，不過彷彿也擁有腦細胞。

美女是很稀有一種生物，故此艷色天下重，宗珊五官身段都漂亮到極點，上帝在創造她之際，似特別用心：唔，鼻尖還可以長一點點，還有，雙眼瞼深一些，添一個酒渦，笑時，讓她眼瞇瞇，每一處均精心刻畫。

不化妝，神韻更加敏感動人。

這時宗珊忽然抬頭，「你在看我？」

者也腼腆說：「像你這麼漂亮聰明，人生路一定暢通無阻。」

「我？哈哈哈哈。」

者也愕然。

宗珊答：「我童年泡苦水像狄更斯故事，父母在我七歲時分手，生父是澳門葡萄牙人，家母是賭場女工，我才讀到小學，就出來打工，我與一帆風順搭不上竿，稍後，加入電影圈，你可知多少面目身段姣好少女在該行掙扎？多沒有，約十多萬個，不知經過多少骯髒人與事才到今日，一樣不知明日之事，一部戲的票房失利就坑了你，故此同行覺得望天打卦，都拜龍王、密宗、四面佛、觀音菩薩，要求庇護。」

這麼苦！

者也張大嘴。

宗珊不禁好笑，拍他肩膀，「不怕，世道艱難，先吃甜品。」

難得她如此樂觀。

尚可天然笑口常開，開揚活潑，宗珊是百煉成金，勇敢面對，兩者的樂觀距離猶如自地球到月球，不可同日而言。

宗珊誠可貴。

「至少你此刻經濟已經沒問題。」

她回答：「噫，我那失蹤多年的生父忽然出現，開口也如此問：『你此刻經濟沒問題了，有，就拿出來』。」

者也吃驚，「你怎麼辦。」

「我不想詳細形容。」

「啊。」

「他約見娛樂版記者大告御狀。」

要叫她難堪，下不了台，要不付錢，要不落水捱打。

者也難過，不就是幾個錢嗎，萬事為何不留一線，以後也好見面。

宗珊聲線低沉，「詞姐立即把我送往布達佩斯拍外景，三星期後回轉，娛樂版忙的是另外一件事，這次是兄弟爭產。」

宗珊聲音漸漸辛酸，「噫，我說多了，可能因詞姐緣故，覺得你也是好友。」

「宋詞心情如何。」

「辦離婚，當然沮喪，意味多年寶貴心血時間丟落溝渠，故此我永不結婚，亦不會離婚。」

者也不出聲。

他的想法類似。

電影公司租下一間山上獨立屋，滿園大棵仙人掌，兩座泳池，分鹹淡水，工作人員浸水中開會。

看山下，一片煙霞，是片沙漠，遠處高樓大廈，景觀陌生，恍如蜃樓。

宋詞迎出，她穿着沙龍，已曬成金棕，不認得了。

「各位，這是者也，宗珊的助手，凡是擔抬的找他好了。」

樓上三號房是他的宿舍。

宋詞說：「每天一早八至四是宗珊與我上課時間，學校離此二十分鐘車程，我們順道往唐人市場買齊材料做湯，菜多數是打包熟食如燒雞之類，宗珊只吃沙律，這項工作，現在由你做。」

「我不會煮湯。」

「超市有包好湯料，做雙倍八人料便夠吃，倒進大鍋，熬一小時即成。」

「天天吃這些？」

宋詞用手指戳他胸口，「你還想吃啥？」

叫宋詞的女子忽然變得粗魯。

者也淋浴，忽然累得抬不起頭，倒床上睡一大覺。

醒來，工作人員正在廚房幹活。

「我來。」

那人豎起拇指，奔往後園游泳。

者也先做長島冰茶，放盤子捧出給他們。

然後，看看桌上堆滿蔬菜，還有大塊牛肉，他撥長途電話問詩姐女傭，「羅宋湯怎樣做。」

女傭答：「秘訣是椰菜與洋蔥，先用牛油燜十分鐘，其餘……」

他找到一隻大鍋，幹起活來，一小時之後，已可聞到香氣，宋詞與宗珊進來，「嘩，煮什麼？」

者也把湯盛到碗裏，「請喝頭湯。」

「好兆頭。」

宗珊驚嘆，「大廚水準。」

群眾讚不絕口。

第二天一早，他送她倆上課。

壁報上貼滿各類聘人廣告，不來到此處，還真看不到，者也把有可能的職位攝下。

其中有一項，「青海礦業聘土木工程及機械工程師協助探察，辦公室設北京及洛杉磯，應徵者需往來中美兩地，諳流利兩國語言，詳情見電郵號碼……」

者也沉默，一看就知道是十二分繁重的工作，是開始做大人的時候了。

他先往超市，買兩隻走地雞，見新鮮肥壯西洋參，買半斤，煮湯。

再往接詞姐與宗珊。

宋詞面腫腫，像是哭過。

者也摘下一角西洋參讓她含着，「人生好比這枝參既甘又苦。」

宋詞被她惹笑。

宗珊說：「者也可以為我們寫歌詞。」

回到家先做菜。

他在後園摘香料做沙律給宗珊。

隨後在電郵裏查到青海礦業聘人詳情。

慚愧，者也需要地圖上找青海正確位置，該省重鎮叫格爾木，是一個鑽油區，遊人不到，最多路過往新疆旅遊。

是荒漠嗎，正好叫他好好修煉成為一個真男子。

他鼓起勇氣，寫了中英文應徵信。

他不喜花巧，誰不會「回去尋根，為大眾服務……」他只說希望學以致用。

吃到第五天，大家驚道：「這樣下去會胖成氣球！」

易者也不是廚師，可是材料足夠新鮮，即煮即食，風味自然，加分。

這時，青海礦業人事部要求「易先生請附半身及全身照片」，大概是含蓄看他體格是否足夠應付，無論是醫生、建築師、工程人員，必須應付一站數小時，做手術、巡視地盤進度，都得擁有健康體力。

唐詩宋詞姐妹頻頻通訊。

——「劉准已簽妥分居書。」

「你看我多失敗，他想也不想。」

「這件事由你主動提出。」

「嗯。」

「他叫我轉告，房子留給你，說女子總得有個可靠體面永久地址，他不是壞人。」

宋詞不出聲。

「這我才明白兩個好人也會離婚。」唐詩欷歔，「沒有第三者也可以分手。」

「我不想每日裝糊塗灌溉已經枯死植物。」

「不說你了，者也如何。」

「命運叫他失戀，命運大手把他推到加州，大手讓他看到聘人廣告，一間青海礦業——」

「青海，那是天不吐之地，快快阻止。」

「鐵路已貫通全國，你沒聽過青藏鐵路？」

「留住他。」

「太不公平，男兒志在四方，者也什麼都好，就是驕縱些，女友漸漸成長，覺得需要遷就——」

唐詩嘆氣，「社交版上刊登前女友及新歡照片。」

照片傳至，正是尚可與丈夫在一宴會拍攝。

碰巧宗珊走進看見，「咦，我認識這個人。」

「你指男抑或女。」

「這個英俊瀟灑的男子叫麥籽，環球地產總裁，曾是我朋友的丈夫，他此刻身邊是誰？」

「他已婚？」

「一次在拉斯維加斯喝得酩酊與我艷女朋友註冊，後來不知有否取銷宣告無效。」

「你怎麼知道？」

「我的前任是他倆伴郎。」

「胡鬧。」

「事不關己，己不勞心。」

這話再真確沒有，宋詞不會在任何人面前提起。

「後來，聽說，該位麥先生車禍失去一條腿，他前任妻子／女友都暗暗慶幸，因為該種創傷生理上可以克服，但心理上比較困難，聽說傷者會覺得截去肢體仍然存在，甚至感覺疼痛、麻痺，故感惶恐、沮喪，非得長期心理治療不可。」

宋詞抬頭輕輕說：「事不關己，己不勞心。」

他們易家已與這名女子及其遭遇一點關係也沒有了，可以想像的是，尚可生活也不易過。

者也終於前往青海礦業面試。

辦公室兩名一中一西年輕主管迎出歡迎，隨即坐下面談，者也立刻被他們誠意吸引。

這一談竟大半小時。

主管出示礦場圖則及礦石樣版。

者也一看，咦，不是油沙礦，也不是金屬，樣版呈一呎長度兩吋直徑筒狀，他握手中細細觀察，是何種礦石標本——電光石火間他輕輕說：「鑽石！」

主管微笑：「果然是行家。」

他取出另一標本，肉眼都可以看到石筒上附着兩顆拇指大原鑽，未經打磨，已閃閃生光。

天然渾成，這是天工，億萬年前壓到地底林木經過煉化成為鑽石，隨火山熔岩噴發至接近地面，是地球上至硬鋼石，無堅不摧。

「鑽石礦脈Kimberlite，故此女孩命名Kimberly金巴梨，即美鑽之意，哈哈哈。」

「易君，現在你已知悉我們秘密，可不能讓你離開這個會議室。」

「易君，你還是與我們簽約吧。」

者也忍不住笑。

這還是他失戀之後第一次開懷大笑。

「請問如何發現鑽礦。」

「喏，老張機靈，」他拍拍伙伴肩膀，「我們本來想尋找油砂，老張發覺當地市場出售大量橄欖石，用斤秤，頓起疑心，凡產此綠寶礦處就有可能產鑽，即時調動機器，在可疑地帶發掘，同時申請有關照會……」

「我們拼力發掘，苦幹半年，資金耗盡，執照期將屆，已瀕沮喪放棄。」

「最後一鑽，挖出礦石，就是這一塊。」

「在展銷會上出示招股，嘿，開頭眾行家懷疑偽造，鑽石是強力膠黏上，哈哈哈。」

者也替他們興奮。

「請你加入我們成為一組。」

者也即時站起表示願意。

「試用期三個月，希望你能捱下去，合約兩年，並非賣身契，可以如此如此，這般這般——」

一群年輕人，鐵路西征。

宋詞輕輕說：「格爾木一地冬季極長極寒，即使夏季，白晝炎熱，夜間氣溫也跌得很低。」

「那邊有女性工作人員嗎。」

「抵達後告訴你。」

宗珊不出聲。

傍晚，敲門進者也房間，「真羨慕，希望你帶我一起。」

者也駭笑，一時會不過意，「睡帳篷，捱冷飯，你行嗎。」

「我查過網頁，青海礦業招股成功，規模不小，已建員工宿舍及其他設施。」

「不是明星去的地方。」

「你從來不把我當明星：宗珊，輪到你洗碗，宗珊，再不出門會遲到！」

「屋門外開始有影迷及記者守候。」

「人數不多。」

「不怕，你前途似錦，假以時日，征服全球。」

「幾時動身？」

「下週。」

「很高興認識你，者也。」

「我也是。」

宗珊忽然趨前輕吻他嘴唇。

感覺溫馨動人，但一如親吻可愛糯米嬰兒，毫無遐念。

者也低聲說：「天生該做明星的人應好好照計劃做明星。」

宗珊忽然示弱飲泣。

她緊緊抱住者也。

這時宋詞在門外輕輕說：「宗珊，中文電視台訪問時間已屆，該準備了。」

化妝髮師時裝一湧而入。

宋詞與宗珊對稿：「記者若問你與某君是否分手，你答『今日天氣的確清朗，我喜歡洛城』——」

者也忍不住笑。

遊戲人生。

宋詞替者也治裝，自網頁購得一件充電自熱背心，以及一套羽絨衫褲，仍然擔足心事，「沒人幫你洗衣服怎麼辦。」

者也夠調皮，「這樣吧，我把髒衣速遞給你，你洗淨再空郵還我。」

宋詞氣結。

「父母親不久郵輪回轉，你告訴他們詳情，我們繼續用電子儀器聯絡。」

易者也先往青海礦業洛城辦公室實習一個星期，便隨隊出發。

宋詞一直叮嚀到他背影在飛機場禁區消失。

有人問她：「你是者也的姐姐？我叫張力，我是他同事，不日與他會合，請放心，大家會互相照應。」

宋詞抬頭，一個鬚眉強壯年輕男子，傳說中虬髯客也許就是這個樣子。

他豪爽的說：「你們一家長得真漂亮。」

宋詞連忙說：「不敢當。」

「可要到青海礦業公司參觀？」

「我還要上課。」

「週末可好，我來接你，我有地址。」

宋詞忍不住微笑。

感覺真好，高中被男同學要求約會的自豪彷彿回轉。

她駕車回住宅。

去的時候哭喪臉，回轉之際嘴角含笑，人生總有意想不到的事。

唐詩責備宋詞：「你沒留住他。」

「讓者也去歷練一下亦是好事。」

「危險。」

「不比他們學跳降落傘或攀登結冰瀑布更凶險。」

「宋詞，離婚後你整個性情變了。」

「不說我，永佳永康如何。」

「長牙，脾氣壞，做母親的永遠自一天到另一天，苟且偷生。」

「大一些會好。」

有經驗者說：「越大越煩，永不超生。」

「可是聽你語氣還算愉快。」

「我能哭嗎。」

兩個孩子在背景哇哇叫着追逐。

「之乎婚後生活如何。」

「他沒同你聯絡？大概忙不過來。」

「平果對他是否體貼。」

「我不能置評。」

「啊。」

不方便說即是有些話不好說。

平果的背景確有點複雜。

一日黃昏，她自超市拎着蔬果雜物回家，忽然聽見有人低聲喚她，「平，平。」

她十分醒覺，立刻放下手裏東西，背貼牆壁。

「是我，平。」

抬頭看到一張熟面孔，是紅掌夜總會桂經理。

平果比看到陌生人更慎重，「何事。」

「平，借個地方看看我傷口。」

她脱下外套，右臂血肉模糊，還有脱落紗布，傷口已發出腐爛氣息。

平果當然遲疑，「你快去急症室。」

「能去就不必找你幫忙。」

平果說：「我只是個學生。」

那桂經理平時像個鐵漢，忽爾流淚。

平果一手把她拉進升降機。

幸虧易之乎不在家，她讓桂經理坐在浴室，她先洗淨手，戴上橡皮手套，除脱髒爛紗布，看到傷口，反而鬆口氣。

只是十分醜陋小刀造成皮外傷，長五公分，深一公分，還在滲血。

「需要縫針，我沒有工具。」

「可否用普通針線。」

「後果複雜。」

「我不會怪你。」

平果大膽把各種常用器具消毒，給桂經理服止痛劑，又斟出小杯拔蘭地。

「謝謝你，平果。」

「誰幹的好事，要將此人繩之於法。」

「她傷得比我重。」

「這種年紀你還爭風吃醋。」

平果替她逐針縫好，一共十三針。

桂經理鬆口氣。

「此事切勿向任何人提起，我會被醫學院開除。」

「醫學生入學之前人人發誓要以病患者福利為先，你沒做錯什麼。」

平果苦笑。

「你幾時畢業？」

「早着呢。」

平果取出若干消炎藥。

她把傷口仔細包裹，「有什麼變化，立刻入院。」

桂經理吁出一口長氣。

平果說：「阿姐，貯夠脫離危險生涯。」

經理取出鈔票放桌上。

「我不收錢。」

「胡說，一個女子，無論年紀，身邊欠姑婆本或棺材本是極之糟糕的一件事。」

平果送她下樓，替她叫了車子。

回到家，連忙收拾，把不能見光之物統統扔掉，可是室內還有那股腐肉臭味，她切開檸檬辟味。

之乎回家，「咦，桌上一大疊現鈔。」

平果連忙收起，「今日工作進度如何。」

「已經下班，不談這個，快送上香吻。」

平果與之乎同做簡單晚餐，新婚生活主要是兩人盡量守在一起。

稍後，平果溫習，之乎瞌睡。

睡着的之乎與兩個外甥差不多可愛，愛憐一個人，總覺得他小他蠢他會吃虧，他什麼都不懂。

過兩天，平果回家，又看到紅掌桂經理。

她精神好得多。

身邊還有一個少女。

平果說：「拆線一拉就順着出來，你可以自己動手。」

「你看看我放心。」

平果請她們到屋內坐。

經理說：「平你嫁得不錯。」

平果微笑，茶水招待。

拆開紗布，平果用鉗子把線輕輕拉出，傷口像條百足蟲。

平果替她搽創疤藥膏。

經理咳嗽一聲，「這位小姐有事麻煩你。」

平果十分聰明，她站起來，「到此為止，阿姐，再不為例。」

少女一聽，激動哭泣。

平果說：「避孕方法甚多，你也太過大意，為何不服事後藥劑，此刻腹中已是小小生命。」

講完嘆口氣，這根本不是教訓她的時候。

「幾歲？」

「十五。」

「你們應當報警。」

「男方是她親兄。」

平果一怔。

「我是她表姑，平，請你幫忙。」

「你們可請正式醫生安全做手術。」

「一旦知會警方，必毀她兄弟前途。」

「是嗎，他毀妹妹前途就一點無事。」冷笑。

「平果，請你幫忙。」

「不可能。」

「平果——」經理自口袋取出一張字條，遞到平果面前。

平果一看，震驚，張大嘴，「阿姐，是你。」

那是一張收條，由大學發出，正是無名氏捐贈平果學費證據。

桂姐是無名氏！

不是易家，並非易之乎，而是紅掌桂經理。

平果跌坐椅上，耳邊嗡嗡響。

「平，請拔刀相助。」

示意少女跪下。

少女五體投地，小狗似嗚咽。

平果取出毛毯，蓋在她身上，給她喝熱可可。

兩個成年女子對話。

「阿姐，你陷我於不義。」

「世道原本就如此凶險，當年我包庇你，你也不曾成年，我亦身犯奇險，我除卻看中你舞技精巧——」

「還有，我是一個醫科生，你利用我。」

「平，以物易物。」

桂把一疊現鈔放桌上。

平果抬頭想一想，「我準備一下，你們明朝再來。」

「不，我們在這裏等你，會者不難，這種手術從前女子用鐵絲衣架就可進行。」

「有人因此喪生，有人終身不育。」

「你看到女孩今日已被糟蹋得像畜牲，生不如死，還管將來？」

平果忿慨流淚。

看一看時間，距離之乎下班時間還早，她到實驗室取回若干工具藥物。

她是著名優異生，其他工作人員都認識她，平果進出暢順無阻。

回到住宅，桂看到她鬆口氣。

平果用聽筒檢查少女。

「大約六週。」

「平，你真能幹。」

平果啼笑皆非。

她讓少女聞笑氣，隨即穿上袍子戴手套做手術。

真沒想到雙手如此靈活鎮定熟練，連她都佩服自己。

十分鐘做妥手術，平果也一額冷汗。

她囑少女放鬆四肢，輕輕按摩，她按住她手。

「沒事了，我幫你安置避孕藥棒，一年一次，別忘記保護自身。」

少女緊閉雙目，淚水不止。

平果說：「可以就回學校吧，別辜負你表姑一片心。」

桂說：「從此她與我住。」

平點點頭。

她煮牛肉粥每人一碗。

少女休息片刻，由表姨扶走。

室內似有一層血霧，洋溢腥臭。

平果趕快收拾。

公寓快成黑市流產所。

她急急沖洗煮沸工具儀器，悄悄歸還。

勞碌奔波一日，筋疲力盡。

之乎回家，「咦，又一疊鈔票。」

平果呆坐一晚。

她心灰意冷，過去沒有放過任何人，她也不例外，這叫羯摩即因果，她動手助那少女，是因為想起從前的自己，桂固然有恩於她，她大可設法把借貸還清，犯不着犯險。

平果真心同情那少女，她看到自己。

這宗事故把她與之乎的感情扯遠，她不會說她高攀他，她比他更勇敢更上進更果斷，不過他倆背景實在有着叫人惶恐的距離。

她實在不能進入他那幸福天真世界。

平果嘆口氣。

她勤奮應付考試，又以第一名奪魁，很快將完成她願望。

平果臉上笑意更加罕見。

同學取笑：「不可讓平接觸病者家屬，嚇壞人。」

這一年，她又為桂經理服務過幾次。

桂還算體貼，駕車在學校門口守候，不再在她住所出沒，她說：「有兄弟大腿中槍。」

「不是說好不再為例。」

「這次是男人。」

「我會因此入獄。」

「平，我不敢勉強，此人現在紅掌夜總會，你若不願動手，我馬上離開。」

「我就快畢業，你別害我。」

「你做紅掌家庭醫生好了。」

平果啼笑皆非忍不住嗤一聲。

車子駛到夜總會，眾人恭敬叫她「平姐」，一個身形過來跪下。

「咦，你。」平果扶起她。

是那接受手術少女。

桂經理說：「還不去斟茶。」

在後邊休息間平果看到一個壯男躺沙發呻吟。

桂經理斥責：「醫生來了，你不用哼哼唧唧。」

平果掀開被褥一看，彈頭凹在肌肉裏邊，她乾脆煮焓普通利剪準備動手。

她給傷者一塊毛巾咬住。

然後剪開爛肉，剔出一顆急症室常見的黑星7.62毫米口徑子彈。

那年輕人痛得痙攣嘔吐。

畢竟是醫學生，平果鎮定替他拭去髒物，繼而縫線。

這次桂經理已由她的途徑取得正規縫針工具，更加方便。

平果為傷者止痛。

她說：「如果發高燒將他扔到垃圾箱，切勿揹這種責任。」

傷者氣得爆炸，加上痛不可擋，大聲叫：「——、——、——！」

粗言穢語咒罵。

平果看着他扭曲五官與眼淚鼻涕，哼，這種人也學做英雄。

她故意把拇指按向傷口，用力捺下。

那人氣急抓住她手，「你是哪一號醫生？」

平果狠狠回答：「獸醫。」

桂姐沒好氣，「周致，閉嘴。」

平果換掉手套袍子走到外間大廳，只見半裸舞女們在試燈光音樂，她感慨萬千。

桂姐把一隻信封放她口袋。

平果輕輕說：「血汗錢。」

桂姐送她到門口：「幾時來客串表演。」

「老了，肉都鬆掉。」

與桂姐聊天，毫無隱瞞，句句屬實，沒有偽裝託詞，全部打開天窗，多麼舒暢。平果不想騙自己，她與他們，根本是一夥人。

回到家，更加沉默。

之乎已經發覺平果情緒異常，「功課太緊張，可要外遊散心。」

「最近我算在享福，你別擔心。」

不久桂姐給她電話。

「這回是我，下樓梯心急跌到，左腳腫如豬蹄，你來替我看看。」

「你到急症室吧，切勿延誤。」

「你來還是不來。」

平果無奈，「二十分鐘。」

看到才知嚴重。

「桂姐，需照X光，我不能胡亂診治。」

「憑你經驗，可有骨折。」

平果仔細診斷，「扭傷足踝，我陪你入院。」

「我不去。」

她吸一支香煙止痛。

「阿姐，此傷可大可小，你還有幾十年要過。」

她呼出一口煙，平果一聞就知是什麼。

「已經一把年紀，醒轉，是一日，不醒，即一世。」

「不過小傷，就開始厭世。」

她扶起桂姐，一起往私家醫院。

順利診治，打好石膏，取了拐杖，一起出院。

説到底，桂姐不過希望有人陪她。

送她回紅掌，吃過點心才走，她還得趕回學校。

後門停車場有一個年輕男子靠在吉普車前等人。

長髮、爛褲、皮夾克，有點眼熟，這人太過漂亮，濃眉微微挑起，側着臉看她。

她默默走向自己車子。

他忽然開口，「別來無恙，獸醫。」

平果驀然想起，「是你。」

「我叫周致。」

平果注視他左腿，「好些沒有。」

「長出粉紅鮮肉，像黏着一塊口香糖。」

「坐下，我看看。」

「可要脱褲子啊。」

平果沒好氣，「剪開褲腳也一樣。」

他端詳她。

他坐上吉普車，迅速脱下爛褲，平果是醫生，並不覺人體尷尬，她檢查傷口，覺得滿意，「粉紅色漸漸會褪，變成棕色，那就不太礙眼。」

「我不打算跳大腿舞。」

平果忍不住回一句，「我也覺得你不是那塊材料。」

他咧嘴笑。

平果沒好氣忠告他：「你這種高危人物最好定時檢查身體。」

「醫生懷疑我濫交渾身傳染病，頭生蚤、肚有蟲、血有菌可是這樣。」

「別擋路。」

「我請你吃飯。」

「讓開。」

她越是惡臉相向他越不在乎，可惡。

她不理他上車。

他的吉普車卻沒有尾隨她，在大街分道揚鑣。

回到家，之乎在等她。

「我做了長壽麵，生辰快樂。」

房門一開，唐詩一家人湧出，祝平果壽比南山，福如東海。

連不在本市的宋詞與者也都各有錄影祝賀。

永康與永佳已會說話：「Doh媽」，為什麼叫多與多媽，已不可考，平果只知動聽。

唐詩永遠很累，靠在床上憩着。

朦朧醒轉，忽然對弟婦說：「這就是我的一生。」

平果微笑，「看着兩張蘋果臉已值得。」

「你以為我笨？我一早知道，過了這幾年，他們學會穿衣如廁，就不聽話，一屆少年期，速變酸薑臉，老媽多講一句便遭白眼。」

平果賠笑。

「快畢業好正式實習了吧，如此吃苦，難怪世人敬佩醫護人員。」

「姐夫忙什麼。」

「在家等工人安裝新洗衣機，這便是生活。」

兩個孩子忽然哭鬧。

唐詩嘆氣，「該回家了。」

之乎送他們回府。

平果一人收拾碗筷，忽然門鈴響，抹乾手開門，以為他們忘記什麼，誰知是花店送大盆連泥土白玫瑰花上門，「平小姐簽收」，沒有名片。

平果猜想是桂姐送來，一室香氛，倒也高興。

晚上，在寢室都聞到幽香。

平果精神恍惚，又老大一年。

她斟一杯威士忌加大塊冰獨自暗享花香，彷彿看到幼小自身蹣跚走近，笑着用小手搭住她雙膝仰頭，平果忍不住對自己說：「唉，你不知道將來有什麼在等着你，不然，你笑不出來」，幼小的她沒聽懂，搖搖晃晃走開。

這時之乎起身問：「平，你有心事？」

「我一向如此，君初見我，憐我落落。」

「可以傾訴。」

「大家都睡吧。」

他把臉探近，她捧起他的臉，柔軟微鬈貼服的頭髮，含情大眼，她嗅他氣息，可是，精神距離越來越遠，易之乎是一個可愛的大男孩。

紅掌夜總會事多。

酒保左掌被碎玻璃杯割破，血流如注，平果趕到，他舉起血手說：「紅掌。」

生活那麼辛苦，仍然樂觀，真沒話說。

平果不敢問：沒有黑市醫生你們怎麼辦。

想必沒有今日方便。

東家親自向平果道謝，她已年長，業務大半交給桂經理。

她向平果開口：「椰林夜總會——」

平果知道她想說什麼，「我不食兩家茶禮，況且此事萬一張揚出去，對大家都不好。」

「明白，你替我看看這高血壓。」

人年紀大了，心中總有一本皇曆，照着自家意思做，不管旁人感受，不顧社會規則，所以都覺得老年人難相處。

平離開紅掌，有人在門口等她。

「吃過飯了。」

平果轉頭，「我已婚，有丈夫。」

周致緩緩走近，「So？」

平果驀然領會，「花是你送的吧，太客氣了。」

他微微笑，「我只想與你説説笑，聊聊天。」

平果攤開手，「在急症室實習的我實在笑不出，沒話説。」

「講來聽聽。」

「上星期二清晨，跑步客發覺井門河內泡着一輛反轉墮河房車，知會警方了，救護人員趕到，跳下水奔近房車，聽到女聲呼救：『快救孩子』，他們看到車廂內有母女二人，小孩只得一歲多，綁在嬰兒安全座位上，已無知覺，連忙解開抱出急救，但那個母親已無生命跡象。」

周致吃驚，「誰呼救命？！」

「四個警員發誓聽到呼救聲，但——」

「啊，小孩救回沒有？」

「奇蹟一般，女孩無恙，已與祖父母在一起，原來母女墮河已有十四小時，河水沒有浸到耳鼻。」

周致輕輕說：「這是我要聽你講話原因。」

平果與之乎約好，不把工作帶回家，她也不想多講，難得有訴苦機會。平果上車。

周致笑着駕駛吉普車離去。

一日，她在紅掌與桂姐喝茶吃點心，他忽然出現，坐她倆對面。

桂姐說，「阿致，去，去！走開，別騷擾平果，她與你是兩路人。」

三人一起笑出聲，都知道類此忠告於事無補。

與他們在一起，最舒服自在。

她到紅掌次數漸多。

她說她的，周致卻總小心聆聽。

——3D打印最大得益者是第三世界需要義肢兒童，本來成本昂貴，每年隨體型增高需要更換的義肢此刻一元美金可以做到。

——正鑽研納米標靶藥注射進人體把癌細胞逐顆殺死；小兒麻痺症病菌經處理後可治腦癌……

周致聽得津津有味。

平果告訴自己：這不過是朋友閒談聊天。

終於有一日，她走出紅掌，看到易之乎，她的丈夫。

之乎臉色欠佳，「回家說話。」

周致站門口，不出聲。

兩男對視一會，終於，平果跟之乎回到公寓。

平果取出啤酒，對着瓶嘴喝。

「你需要解釋，平果。」

平果難以啟齒。

「你最近早出夜歸，我們已無見面說話機會，我到學校找你，他們說你最近並不忙，我居然聰明：找到紅掌——平果，你仍在該處表演？」

平果咳嗽一聲，「我早已告老退休。」

「你為何到紅掌。」

平果把緣故說出。

易之乎甚為震驚，「他們勒索威逼你做非法行為，速速報警！」

「我欠他們學費。」

「這是幾時的事，我立刻替你還清，可是那種高利貸，欠十元還一千，永遠還欠一萬，我與他們談判。」

「服務三年，借貸可獲全免。」

「你生活在他們拇指下，這不是辦法。」

平果忽然這樣説：「易之乎，不是每個人像你這般幸運：父母一世辛勞工作，一心勤奮向上，把積聚所得，雙手無條件奉獻給你享用，讓你做一個無憂無慮光明正大的人。」

「你這話是什麼意思。」

「你缺乏同情心，你覺得比你不幸的人自甘墮落。」

「平，你好不容易自污氹爬出，九牛二虎之力脱離泥沼，為何又插水墮落！」

「在你眼中，我是那樣的人。」

「平，社會有一定準則，不可做違法的事。」

「法律不外乎人情。」

「平，我看到有男子在紅掌門口凝視你，那人是誰。」

「一個朋友。」

「那種人，是你的朋友？」

「四海之內，皆兄弟也。」

「你的口氣似犯罪組織成員。」

平果忽然悲哀，「對不起我令你失望，這樣吧，我這就離去，免你尷尬。」

「什麼？」

「別再吵下去，我疲憊到極點。」

「只要你痛改前非——」

平果看到的，像是地震產生的裂縫，地面撕開兩邊，一東一西，她與易之平各站一方。

他倆曾經站在一起？

是誤會吧，年輕憧憬雙眼看不到真相，一心一意嚮往擠進對方世界，享受溫馨歸宿……

世上哪有如此理想的事。

整宵她沒睡好，之乎在客廳踱步。

兩個年輕人四隻眼睛通紅。

然後，他們分頭出門。

之乎請半天假，到唐詩處討教。

唐詩聽得發獃，連孩子叫聲都聽不到。

這種奇事，編都編不出來。

一個苦學成材為人敬佩醫學生，忽然犯險為身份曖昧人士非法服務。

「她欠人多少，我們為她贖身。」

「他們纏住她不放。」

「報警。」

「一拆穿平果就完了。」

「之乎，你不能也牽連在內受他們威脅。」

「我害怕得渾身發冷顫抖。」

唐詩嘆氣，「當年爸媽如何忠告？門當戶對；你偏偏重視偉大愛情，在夜總會舞台找對象。」

「別在傷口抹鹽。」

「都是事實，之乎，叫平果脱離那幫人，否則，你要壯士斷臂，這些事，不要告知父母，他們的責任已經完畢，勿再把重擔扔給他們。」

易之乎沉默。

「如今，看你自己的了，我只能為你擔心失眠。」

兩個小孩走近，抱住舅舅，臉貼臉，「不要哭，不要哭。」

「舅舅與你們一起睡個午覺可好。」

他們拉着之乎進房。

之乎覺得已經回到家，姐姐痛惜安慰他，終於昏睡。

唐詩找到宋詞，把事情説一遍。

宋詞説她感覺如「被一枚氫彈擲中」，需要時間消化此事。

黃昏，她這樣說：「唐詩宋詞、之乎與者也，已經倒下三對，只剩你與陳某仍在婚姻中。」

唐詩答：「嗚呼噫唏。」

「叫之乎辦分居吧，別無選擇，平果所作所為如一枚定時炸彈，不知何時爆發。」

「易家又添一名傷兵。」

「這位平女士，到底想什麼。」

「也許嫌我們易家男子四平八穩，欠缺刺激。」

「她甘心身犯奇險。」

「但願她命大運大。」

易之乎睡醒還不願走。

他在詩姐書室借宿。

平果並沒有找他。

三日後回家，管理員告訴他：「易太太搬走了。」

客廳大桌上留一份分居書。

她比他還要早決定。

遲鈍的他居然以為兩人可過一生一世。

真不知那些老夫妻像他父母如何過了一輩子。

有說是虛無飄渺的緣份，兩人若有一千日限期，在這期內，無論多麼艱難，都可以捱過，緣限一到，啪一聲如弦線繃斷，即告終止，沒有任何轉圜餘地。

之乎也知他唯一可做的是在文件上簽名。

平果已把她有限雜物收拾離去。

這時，之乎才發覺平果猶如一片浮萍，只不過曾經一度漂流的她以為婚姻生活會做她的定海神針。

之乎沉靜下來。

他往加州探訪宋詞。

甫進屋，一個窈窕少女啪啪啪走出，兩人均怔住，呆視對方。

「者也，你回來了。」

他答：「我是之乎。」

「啊，真像，我是宗珊。」

宋詞說：「我們接近完工回家，你怎麼才來。」

「散悶，太陽好，消晦氣。」

美麗的宗珊說：「我正想有人陪我乘加州最長最高最快的雲霄飛車。」

「我陪你。」

宗珊歡呼。

宋詞想問詳情，幾次張嘴，無言。

之乎問：「叔父與爸媽怎麼還不回來。」

「總算想起父母，他們一早在倫敦上岸，叔父現住在溫哥華，爸媽住康瓦爾，一年才回一次云云。」

「什麼，不回來了。」

宋詞出示照片，只見父母站玫瑰花叢，咧嘴笑，生活肯定愉快，他也覺安慰，是，長者是應該如此享用餘年。

「家裏空着，我可以回家住。」

「家門永遠打開。」

「我現有那層公寓，我想過戶給平果。」

「你也太慷慨了。」

「那樣，她有回頭餘地。」

「結婚才五百多日，已賺一層公寓。」

「不能那樣説。」

「早知房子不寫你名字。」

之乎不出聲。

片刻有男子探訪，自我介紹：「我叫張力。」

他出示者也在青海礦場工作片段。

只見易者也身穿保護衣戴頭盔英姿颯颯，在礦場營地與同事們談笑風生。

看樣子他已全情投入工作，人也紮壯。

之乎納罕，「有女生。」

「人數不少呢，約一比四，她們極受歡迎，倍添生氣。」

「還以為礦場是純男班。」

「嘿嘿嘿，有男生的地方就有女生，工作雖然吃苦，確是挑對象好地方。」

樂觀笑哈哈的人會給旁人一種單純感覺，但張力不一樣，他精幹聰明，他只是愛笑。

閒談中張力表露背景，他在知識分子家庭出身，自幼在鄉間外公家長大，學習農務，對大自然特別是礦石產生興趣，終於學以致用。

未婚，身壯力健，毫不諱言，愛慕宋詞。

年輕男女往往衝動，尋找背景出身完全不同的伴侶式配偶，不單為好奇，而是下意識想下一代得到不同因子，以利生存，譬如說他只能吃米，配一個吃麥的人，萬一世間米糧滅絕，那麼，吃麥子下代也可存活。

不過，如此寬敞差異……

之乎想到自身，他與平果失敗呢。

唐詩曾提醒他要門當戶對。

下午，大夥一起去乘雲霄飛車。

在瘋狂大動作遊樂場玩半天，曬得皮膚起焦。

張力是擲飛鏢高手，把攤檔大玩具贏得清光，派給圍觀孩子們，檔主都快哭了。

最後節目，坐上飛車，之乎便後悔，他還未到自殺地步，想下車已經來不及，輪帶軋軋，把他們拖上高峰，往下看，遊客如蟻。

之乎忽然豁達，人類根本就如此渺小，還沒得到全部哲理，飛車已往下衝，利用離心力，繞幾個大圈，飛上半空。

之乎心臟幾乎停頓，腎上腺分泌引起無名快感，看一看身旁宗珊，她張大嘴尖叫，哪裏還有什麼大明星姿勢，可愛極點，之乎忍不住在她臉上吻一口，她「嘩——、——」喊。

下車時頭昏腦脹，大家腿軟，坐倒在地，頭髮統統豎起，連張力都站不穩，他們忍不住大笑。

宋詞忽然乏力。

大塊頭張力大驚，急找醫護人員，證實無事，喝杯熱茶，打道回府。

宗珊說：「張力這人有趣，假如在荒島漂流，與他在一起，必可生存。」

之乎問：「我們是在荒島上嗎。」

宗珊答：「每一個人的心，都是一座荒島。」

啊，人人都那麼聰明，宗珊更是佼佼者，就剩他易之乎，蠢如牛，鈍如豬。

他臉色沉下。

宗珊輕輕握住他手。

大隊收拾回家。

這才發狂出去購買紀念品送人，一共挑了百多件「我愛加州」之類T恤及鎖匙扣。

宗珊別出心裁，到著名牛仔褲店選購故衣，幾條最爛的三千美元以上。

「送誰？」

「當然是導演。」

「我呢。」

「你是自己人，不必多禮。」

宋詞也沒有。

之乎心暖暖，她叫他自己人。

不見她為自身大肆搜購。

「我省一點，穿仿假破舊褲就好，才三百。」

也不便宜，到底是明星，開銷與常人完全不一樣。

門當戶對，齊大非偶。

易之乎，你可得好好記住。

不要說回到家，兩人在飛機上已經開始陌生。

資本社會階級不知分得多細，宗珊與宋詞坐頭等艙，餘者均坐經濟位，易之乎被丟在化妝師身邊。

他微微笑，還有什麼看不開的，團屈長腿，閉目養神。

聽到工作人員竊竊私語：「漂亮的小易有機會嗎」，「宗珊不糊塗，這不是她結婚的時候」，「還要耽多久，很快三十」，「再過三五年吧」，「小易是好對象」，「未必，已離過一次婚」，「到了四十未婚，性格更加怪癖」，「何去何從，煞費腦筋」……

易之乎真的盹着。

夢魂中他初會平果，她穿半裸肉色紗衣，雙眼明亮，在台上演出如泣如訴，輕輕將手伸入他胸膛，緩緩抽出，握着一顆新鮮還在跳動滴血的心。

之乎的胸腔被掏空，從此之後，他不再是一個完整的人。

兄弟倆同病相憐。

之乎下意識掩着胸前。

他被幾個嘈吵少年驚醒，「宗珊在前邊」，「去拍照」。

如此這般，飛機終於抵埗。

宗珊走近，在他耳畔說：「謝謝你，再見。」

謝什麼，他還感激她給他好時光呢。

少年影迷高叫：「宗珊，看這邊，可以合照否。」

她被助手拉開。

快活不知時日過，原來這一走，已經整個星期，絞緊的心口，彷彿鬆一點。

他先到辦公室報到，桌上堆滿文件，他立刻埋頭工作，同事看見他，「哦，回來了」，「急件全部幫你做妥」，不見他取出小禮物，有點生氣，但高檔食肆隨即送上粥粉飯麵，還有給同事帶回家的整盒麥卡隆，大家才鬆口氣露出笑臉。

世界就這麼簡單。

他查過電訊，全無平果音訊。

只有律師找過他。

「易太太把公寓門匙還你。」

「我想把公寓轉她名下。」

「她不會接受。」

「她仍是一個學生。」

「她說她有打算。」

之乎忽然生氣，「為什麼我倆說話要你這陌生人隔中間。」

律師不但不生氣，還相當遺憾，「我也覺荒謬，可是我們這一行業生意越發興旺，夫妻感情不知多淡漠。」

之乎掩住臉。

「這樣吧，易先生，你回家住，那樣，她若回心轉意，也知道你身在何處。」

之乎低頭。

律師十分有趣，「裝修一下，以免睹物思人。」

之乎啼笑皆非。

他請人把整間公寓漆成乳白，連帶傢具也髹白，裝修師替他把地板做成斑駁一搭搭模樣，與從前全不一樣，他滿意了。

先頭雙人床挪走換小小兩張單人床，另一張為者也預備。

唐詩與宋詞看過，相當歡喜。

「者也亦快回來。」

「者也容易找女友。」

「你們倆人，難兄難弟。」

「我想念兩對老人家。」

「他們着我們到康瓦爾探訪，去溫哥華觀光也可。」

「英國那許多郡，我只喜北甘巴蘭湖區地。」

「我喜劍橋。」

「之乎，這段時間，養隻小狗吧。」

「養狗也有命，有人的狗比小孩還聰明乖巧，有人的狗要服鎮靜劑。」

「永康他們一直想要養隻狗，寄宿在你處，有空來玩。」

「對，我費心出力，你們坐享其成。」

「咄，舅舅為外甥服務老應該，就你嚕嗦。」

「養什麼種檔的狗？」

之乎舉起雙手，「別煩我。」

兩姐妹愛他，給他留下一鍋紅燒肉烤薯仔離去。

狗……

真沒想到，第二早才走出升降機，就看見一團髒破布丟在角落，之乎高聲叫管理員收拾，但破布動一動它會瑟縮顫抖。

之乎嚇一跳，管理員走近，「哎唷，是一隻重傷的狗！脖子被切斷。」

他連忙召警。

之乎脱下外套，裹住小狗，輕輕抱起，看到牠脖子上人為傷口，不知被什麼利器割了一刀，皮破肉爛，幾乎看到氣管，而且受傷已不止一兩天，不知怎地，牠尚未斷氣，掙扎爬到這裏。

管理員大聲斥責：「真叫人憤怒，為什麼要傷害一隻狗？」他懷疑兇手是住客之一，「出來，我與你打一架！」

警察趕到，也大為感慨。

之乎説：「我先送狗到醫生處。」

一個女警説：「我開車送你。」

之乎把傷狗緊緊擁在懷前。

獸醫出來看到，立刻着手處理。

助理問：「是誰的狗？」

之乎把情況說一遍。

「那麼，可是你負責手術費用？」

之乎想也不想，一口答應。

女警凝視他。

醫生出示X光片，「這裏是喉管，再切深半公分，牠就完蛋，情況凶險，不知是否能救。」

之乎留下信用卡，他還要上班。

不就是一隻流浪狗嗎，為何勞師動眾。

啊，文明社會，眾生平等。

女警送他回辦公室。

「這位先生，請給警方一張名片以便聯絡。」

之乎立刻遞上名片。

下班，他去探望那隻小狗。

醫生說：「牠約三歲，其實不小，不過尺碼不大。」

小狗伏在枕上安睡，脖子套着塑膠圓錐形護罩。

「真是命大。」

看護也說：「而且一點也不苦澀發惡，醒過一陣，黏我手，順天應命，真叫人心痛。」

之乎不出聲，他彷彿看到自身影子。

「易先生，你打算領養牠嗎。」

之乎一怔，不出聲，他一時沒想過這一點。

「如不，我們會送往動物庇護所。」

第二早，管理員問：「小狗怎樣，活命否。」

之乎把好消息告訴他。

「警方正追查兇手，說是決不放過。」

下班再探訪，小狗醒轉，蹣跚走近，似認得易之乎氣息，清潔過的牠毛色金黃，相當漂亮，大眼睛，討人喜歡。

沒人知道牠什麼名字。

易家從前有隻狗，叫地拖，可是這隻沒有長毛，不像拖把。

「易先生，你好。」

之乎轉身，看到那女警招呼他。

「啊，大家好。」

她身邊還有一個七八歲男孩。

「我侄子光明，聽說有這樣一隻狗，前來探訪，可以讓他抱一下嗎。」

之乎把狗交到小孩手裏時幾乎有點不捨得。

醫生告訴他們：「牠還得多耽一兩天。」

光明問：「我可以領養牠嗎，可以嗎，可以嗎。」一見鍾情的樣子。

「是易先生先認識牠。」

光明這男孩失望，仍然不願放下小狗。

之乎微笑，小孩與狗，多麼理想。

小狗神情溫馴，好像慘劇從來沒有發生過，享受擁抱溫情。

之乎問：「你會叫牠什麼？」

「大眼，你可以到我家探訪牠。」

「家長那邊，沒問題吧。」

女警這時說：「易先生，我是凌芝督察。」

兩人握手，之乎這才看清楚凌督察有一張神氣小圓臉，渾身透露英姿颯颯，

今日，她穿便裝。

「多謝你承讓割愛。」

之乎叫一聲大眼，小狗像是聽懂，轉過頭看。

辦妥手續，過兩日男孩便可抱走小狗。

這時，小狗交到別人手上，男孩都會小心觀望，似怕別人傷害牠，大眼會有個好主人。

在診所門口，姑侄細語，那男孩走近之乎，「我們去吃冰淇淋，你要一起嗎。」

之乎微笑，「我請客。」

他挑一家冰淇淋專門店，有三十三種味道，光明開心，要了紅白藍三球，大快朵頤。

凌芝要香草，之乎陪她，兩人都腳踏實地。

之乎記得，平果喜歡奧利柯餅碎混黑巧克力，甜得吃不消。

總難忘前頭人。

三人正專心舔吃，忽然聽到做作矯情嬌滴滴聲音：「是易之乎嗎，不見一些時候，難道已結了婚，唷，孩子都這麼大了！」

凌芝反應敏捷，立刻抬頭，睜圓眼睛，只見兩名漂亮少婦，帶着兩個一模一樣的幼兒與一個女傭，浩浩蕩蕩一隊人。

之乎笑不可仰，連忙站起介紹：「這是我兩個事事叫我尷尬的姐姐唐詩宋詞，還有我兩個小外甥。」

凌芝連忙微笑招呼。

之乎一手抱起一個外甥，掛在身上。

唐詩說：「不打擾你們，我們已經吃過，要去上音樂課了。」

忽忽離去，幼兒不忘揮手。

凌芝輕輕說：「美女，美名。」

照說，一般婦女到了那種年紀，一定驚駭時光飛逝，流年暗渡，心緒漸漸苦澀，怨言日多，但唐詩與宋詞卻不一樣，她們維持着少女般天真，快活地與兄弟開玩笑，歡歡喜喜吃冰淇淋享受生活，難能可貴。

易之乎像知道凌芝想什麼，他低聲說：「我們一家比較樂觀，其實宋詞與我離婚不久，而唐詩為一對孿生子忙得坐下工夫也無。」

凌芝答：「我最羨慕這種優良遺傳，一個人遇到些少挫折，即呻到黃膽水也嘔出，有什麼益處。」

少。

「呵，說得那麼好。」

凌芝把握時機，介紹自身工作，語氣幽默，氣氛融洽。

說過再見，居然依依不捨。

之乎回頭看凌芝，發覺她穿平底球鞋，噫，一個不穿高跟鞋的年輕女子。

他吁出一口氣，回辦公室，奇怪，人與事似乎不那麼枯燥，他雙手敏捷不

唐詩的電話隨即而至。

她要知道一切。

——都是因為一隻狗。

「什麼，你把小狗讓給別人。」

「我沒有能力陪牠活動。」

「抓到兇手沒有。」一人人氣憤。

「正在追查。」

「凌小姐面相甚佳，又有正當職業——」

「明白。」

唐詩不說話。

「者也呢，爸媽呢，想念他們。」

「我們一家四口連保母正計劃赴英探訪爸媽。」

「不可帶幼兒勞師動眾。」

「近年最時興攜孩子看世界。」

「不要做時興的事，我們不是流行人種，我們要過的日子長得很。」

「唷，離一次婚，成哲學家。」

沒有什麼比離婚更叫人蒼老。

身上彷彿掛一面牌子：「婚姻失敗，感情草率，此人不甚可靠」，頭都抬不高。

故此，之乎佩服詩姐勇氣。

是什麼支撐着這個女子？一定是她工作上的成績。

過兩日，凌芝主動找他，「之乎嗎，小狗大眼明晨十時出院。」

「我準時到。」

凌芝與光明已辦妥手續領養。

小狗活潑潑跑到之乎面前，依偎腳下。

之乎很高興牠知道感恩。

「警方已找到兇手。」

之乎點頭。

「有空喝杯咖啡否。」

對於女性來說，已算是相當勇敢主動。

之乎輕輕說：「我要回公司。」

「呵，是，是。」

「今晚可以吃飯嗎，與光明一起，我知道有個小餐館的意式肉丸最合孩子吃。」

「七點可以嗎。」

「我到府上接你們。」

「我與家母一起住。」

「明白。」

凌芝鬆口氣，這女子心意都在臉上。

之乎照足規矩，備了花果，上樓見家長。

凌伯母衣着樸素是個退休教書先生，看到易之乎一表人才不知多歡喜。

之乎這才知道凌芝兄嫂已經分開，而且各有新家庭，光明只好寄居祖母家，有小狗大眼作伴，生活比較熱鬧。

之乎邀請伯母一起，凌太太欣然答允，添一件外套便出發。

那頓飯吃得愜意，之乎有問必答，至於為何離婚，他笑而不語，那當然是苦澀笑容。

這時，凌芝接一通緊急電話，「是，是，馬上到。」

她歉意抬頭，之乎說：「派出所事務重要，快去，這裏有我。」

凌芝急急出門。

凌伯母這時問：「你與阿芝認識多久。」

「三天。」

凌伯母這才發覺實在是說得太多，不禁臉紅耳赤，掩住嘴。

之乎輕輕說：「伯母不要見外。」

他把祖孫送回家。

回城，車子經過紅掌夜總會，恍如隔世。

本來有另外一條路可駛，不知恁地，今晚走了這一邊。

忽有警察前來攔住知會，「這位司機，請掉頭改道。」

「什麼事？」

「槍擊案。」

只見紅掌夜總會外街道圍着黃帶。

他脫口問：「是夜總會出事？」

「先生，快速掉頭。」語氣已不客氣。

之乎只得從命。

他一顆心劇跳。

連忙用電話找淩芝，訊號不通。

回到公寓，立刻在熒幕尋找消息。

不出所料。

「本市紅燈區紅掌夜總會發生槍擊案，該區治安一向甚差，今晚事態嚴重，槍手當場被捕，事發當時會所擠滿客人，忽忙奔跑踐踏，多人輕傷……」

之乎一顆心幾乎躍出胸膛。

不會是平果吧。

這時電話驟響，之乎以為是淩芝，卻是詩姐的聲音，一字字吐出：「之乎，好好聽着，不關你事，切勿多事，你粗心大意，沒聽到這件新聞。」

「詩姐——」

「你除出是他人前夫，也是我的兄弟，爸媽的兒子，以及外甥們的舅舅，之乎，切記，兵荒馬亂，事關黑幫，不可現身。」

之乎沉默。

「馬上到我家，由我照顧你。」

「我想獨自靜一會。」

「我不放心。」

「詩姐，傷者未必是你我認識的人。」

唐詩沉默一會，「是，你說得對，我因愛故生怖。」

「詩姐，我會聽話。」

獨自坐着，只覺四面牆壁漸漸合攏，像是逼到他身邊，抬頭一看，不得了，天花板也似壓下，要把他擠作齏粉，他將窒息。

他正要逃出公寓，凌芝覆電，他喘過氣來。

「找我何事。」

「可是看到新聞，怎麼一回事。」

「這類夜總會本屬是非五反之地，今晚聽說是爭利益。」

「傷者可有姓名。」

「這件事連警方也詫異之極，爭的並非紅牌舞女，而是一個見習醫生。」

之乎噤聲，不幸被他猜中。

「在夜總會地庫，酒窖後邊，警方發現一間密室。不是藏毒之處，也不是妓寨，而是一間設施相當完善的醫務診所。」

之乎長吁出一口氣。

「都會光怪陸離，是個妖獸之城。」

「凌芝，你今晚可有時間陪我。」

「之乎，我此刻在警署，一走得開馬上過來。」

之乎把地址說一遍。

見慣世面的凌芝並不多問，之乎十分感激。

他取出冰凍啤酒喝一口，再喝一口。

他垂頭沉思。

詩姐說得對，這不是優柔寡斷的時候，分開已近一年，兩人走着完全不同道路，縱使相逢應不識，何必帶一簇鮮花惺惺前往探訪，以示不忘舊情。

想必有其他關心平果的人。

有一個年輕英俊男子……他叫什麼，一看便知是同道中人……

門鈴響。

這麼快，由此可知凌芝也想見他。

她還帶着外賣食物，打開，是一鍋濃稠白粥，之乎什麼都吃不下，但白粥例外。

「之乎，你有話說。」

之乎鼓起勇氣，「夜總會搶奪女子，叫平果，她是我前妻。」

見多識廣的凌芝一聽，雙眼睜大，她沉默一會，要把消息消化，無奈意外太大，竟不能出聲，她到廚房打開冰箱，取啤酒喝。

這才說：「警方懷疑該名女子是黑市醫生，違法行醫。」

之乎嘆氣。

「她傷勢不重，不危及生命，她已錄口供，完全否認與夜總會人士有任何接觸，純在錯誤時間出現在錯誤地點。」

之乎不出聲。

「夜總會員工也只說她只是個顧客。」

之乎這樣說：「謝謝你來陪我。」

「她的男朋友叫周致，是個酒品供應商，也同時受傷。」

沒想到警方短短時間已查到這麼多訊息。

「之乎，你關懷她，是人之常情，若全部撇清，那才涼血。」

她是那麼世故。

「我可以幫你入病房探訪。」

之乎答：「不必。」

凌芝頷首，看樣子他也想通想透。

「涉事者統統否認與幫會有關：開槍兇徒不知何方人馬，可能是外地匪幫，此刻已潛逃緬甸，或是寮國，至於小型診所，那是為員工急救所設。」

「法庭上講得通否。」

「沒有證人證據，你說呢。」

「傷者白白捱槍。」

「一定會得到適當賠償。」

凌芝說話，一是一，二是二。

「你爭取休息，我在書房做報告，隨時叫我。」

「不要離開。」

「天亮再說。」

不知過多久，他起床喝水，看到凌芝在書房全神貫注打電腦，那凝神美態，與當年平果趕功課時一模一樣，他心酸。

那已不知是多少年前的事了。

他甚至不能肯定是否發生過。

心靈願意，肉體軟弱，他又一次倒在床上睡着。

再醒轉天已亮，床邊一大堆人，易之乎嚇一跳，糟糕，莫非他赴極樂的時間已經到臨，眾親友前來向他話別。

他大叫，「凌芝！」

「這裏。」

看清楚，是唐詩宋詞與永佳永康，他們都笑嘻嘻站床邊，光明手抱小狗站後邊，把凌芝擠到門口。

之乎忍不住笑，啊，多好，都關切他。

他伸手，「孩子們，過來。」

孩子與狗跳到床上，窩到他身邊。

易之乎不能不振作，「等什麼，大伙去吃自助餐。」

他揹起大光明，左右手抱兩個小的，往浴室奔去。

三個女眷在浴室門外看他教三個男孩刮鬍髭。

唐詩輕輕說：「大家都擔心他。」

宋詞說：「不是我講，除出我家兄弟，外頭並無負責多情男子。」

唐詩加一句：「找都不用找。」

淩芝微笑不出聲。

「有什麼出爐消息？」

淩芝微笑，「該案由我同事負責。」

「你可屬重案組？」

淩芝點頭。

唐詩笑，「對不起，我們太好奇。」

凌芝答：「呵對，傷害小狗大眼的是一個青年，防止虐待動物法對他提出控罪，最高刑期五年，七萬五罰款，終身禁養寵物。」

「好消息。」

天氣爽，他們挑戶外座位，大眼可蹲在椅邊。

之乎被家人圍一起，覺得幸運，不可辜負他們一片心。

孩子們喜吃番茄意粉，糊了一臉醬汁，之乎替他們拍照，唉，他們不知道，一生人最快樂的，也可能只有此時此刻。

餐館經理走近看到，大樂，央求之乎把照片送給他們做餐牌封面及廣告單張，之乎欣然答允。

嘻嘻哈哈過了週末。

易之乎苦樂自知。

都會事多，這個案子，像其他大事一樣，漸漸被市民遺忘。

凌芝如此報告：「傷者已經康復出院，警方未有起訴任何人，成為懸案，平女士繼續回校實習。」

之乎抬頭，「我們一家將往英探訪父母，你與大光明也一起旅遊可好？」

凌芝喜悅，一口應允，「一共幾人？」

「嘿！旅遊社一聽人口，笑出聲來，叫我們索性包下飛機，連詩姐男友張力及你未見過的易者也……」

訂明在暑假出發。

懂事的大光明已準備資料，地圖上圈滿名勝地。

永佳與永康最近與小狗混得爛熟，他倆喜歡撐腰用手指着教訓小狗，嘴裏唸唸有詞，一本正經，小狗只管渴睡，不予理睬。

凌伯母說：「小孩與狗，怎樣看怎樣可愛。」

唐詩嘆息，「一下子長大就無比忤逆。」

凌伯母只是笑。

這次旅程之浩蕩也不用說它了。

「一家人？」其餘旅客都驚異，就差沒問如果飛機摔下豈非全體報銷，之乎夠詼諧，這樣答：「是呀，與各位一起。」

凌芝越發欣賞懂得自得其樂的一家，聽說易家還有兩老，盼望相見。

大光明任孩子王，孿生子漸漸會說話，沒有太大信心，開口之前先把手指放唇邊想一想，可愛到不行。

二人世界最甜蜜，家人仍然重要。

在倫敦觀光，幼兒指着說：「大鐘」、「軍隊」、「堡壘」……

之乎帶他們往大英博物館東方文物館，好好把歷史演說一遍，「你們不可忘記這些寶物來自何處。」

唐詩說：「你這是為什麼呢。」

之乎說：「嘿！」

第二天者也與張力趕到匯合。

幼兒跳躍，「Doh，Doh。」

大小兩對一模一樣兄弟站一起，蔚為奇觀。

凌芝睜大眼睛，試着分辨。

她接受訓練時曾來過英倫，但以這次最開心。

在旅遊車上他們大聲唱：「划划划船，愉快地溜下小溪，開心開心開心，生命不過是一場夢……」

英人即使是兒歌，也比其他英語國家悲觀些。

易昆夫婦在車站接他們。

正當仲夏，花開得一天一地，芬芳襲人，旅客迷惘覺得像來到香格里拉，說話聲音都降低。

易昆夫婦看上去只有比從前年輕，人的生活環境優劣是看得出的。

他倆替小輩訂了附近小旅館，該處庭園也一樣開滿花，英式園子特色是永遠不大人工整齊，孩子們看到樹上結着未熟蘋果大開眼界嘖嘖稱奇。

張力與者也陪孩子們到溪邊釣魚，天公作美，曬得紅彤彤。

易太太輕輕對唐詩說：「就你沒換人。」

「我蠢蠢欲動。」

「啐。」

「抱着兩個活寶，舉步艱難，萬幸他們已經痊癒。」

「由此可知孩子可以鞏固婚姻。」

「才怪，曾有男同事丟下四名孩子後另結新歡。」

「那也不好算人了。」

「不過，他把前妻與子女們生活照顧得十分妥當，所以，是忠是奸也極難說。」

「是誰發明離婚？」

「啊，這是一篇社會人文系論文，洋洋灑灑，可寫十萬字，華人雖然封建保守，但民國起便有離婚一事，記得姨婆嗎，遭夫家虐打，舅公作主，替她辦離婚，還有姑婆，私自與外省廣東人結婚，數年後也離了婚。」

「英語國家，還有，怎可忘了北歐西歐，任何人都結過三兩次婚。」

「我讀報常見五十年金婚老夫婦——」

「那是奇蹟，不必奢望。」

「既然那麼輕易離婚，為何又頻頻結婚。」

「這就要佩服人類的勇氣了，前仆後繼，都認為是最後一次，其志可嘉，其情可憫。」

「奇是奇在英國雖然最先走入民主及言論自由，但過去數十年離婚法奇苛，非得證明這個那個……」

「廿一世紀雖文明得多，但各地都有『你把孩子也帶走，我與你同歸於盡』慘劇。」

「不要說這些恐怖的事。」

易太太說：「我時時為你們做噩夢。」

「你看張力如何。」

「我看有什麼用。」

「媽媽別賭氣，淩芝呢。」

「高危職業，叫人擔心。」

「每一個母親都有說不盡的心事。」

「所以避開你們，躲到遠處鄉鎮。」

「今日舅舅帶孩子們去騎馬。」

他們可開心了。

尤其是大光明，自從他父母分開之後他還沒有如此高興過。騎馬後到公園吃燒烤排骨，各個檔攤努力爭取顧客，送棉花糖冰淇淋，孩子們玩得筋疲力盡，一路呵呵笑。

原先以為兩歲孩兒沒什麼好玩，卻不料所有節目都為他們所設。

唐詩說累，「我建議到暑期班替他們報名上課。」

「學什麼？」

「地質與生物之類。」

「什麼，學前班讀這些？」

「是呀，我見小學生每人掛一個化學元素分子名牌四處跑，就知來對了地方，老師一聲令下，大家依次序排好，氫H站氦He的身邊，餘類推，一下子完成表格排列，孩子們是否記住不要緊，有個印象就好，這就是先進教育。」

「說得這麼好，我都不想走。」

「來日吵架也許可用莎士比亞十四行詩句子。」

大家笑成一團。

之乎躺在園子繩網床裏，仰看藍天白雲，同永康他們說：「這塊像狗狗，那團像羊咩……」

終於下雨，下逐客令。

他們打道回府。

飛機上凌芝説：「應該還有一對老人家。」

之乎答：「啊是，但他們受夠了我們，説是聽到我們大堆人聲音都怕，子女成年後不想再煩，躲得更遠。」

凌芝駭笑，「在何處？」

「溫哥華。」

「聽説者也的女朋友是女明星宗珊。」

「我不可代者也發言，但我想不，齊大非偶。」

「宗珊是否非常美麗。」

Une femme est une femme，英姿颯颯的凌芝也會這樣問。

之乎這樣答：「見到她，眼睛會亮起，來不及吸收那美態」，他加上一句：「同見到你一樣。」

凌芝眉開眼笑，「花言巧語。」

之乎訕訕。

彼此一早見過家長，放下心來。

凌芝佩服妥善安排退休後生活的家長，自煩囂社會退出，享受清寧，她希望將來也能如此。

金錢不能買到幸福，但在追求幸福過程中總得花錢。

之乎在長途飛機裏老是累得抬不起頭，喜歡把頭靠在女友肩上，他努力避免，但終於忍不住，頭咚一聲挨到凌芝肩膊。

凌芝轉頭細看他濃眉高鼻，微微笑，她已經愛上這男子。

可幸幼兒們在飛機艙異常平靜。

回到家，孩子們堅持第一件事要見大眼，一開門，牠咚一聲跳到之乎懷中。

牠記得救命恩人。

生活恢復正常。

之乎公司升職名單公佈，他看到易之乎三字，悲喜交集，人生果然有苦有樂，他低頭沉吟，他已正式成人，一顆心非要曾經打得粉碎才懂得如何去愛。

只見名落孫山的同事鬱鬱不樂，有些索性告假半日去買醉。

之乎仍然默默工作。

下班，他把消息告訴凌芝。

凌芝說：「真奇怪，明明不在乎升或否，但是一旦進入那個競爭環境，心身皆不由自主。」

「芝，你是常勝將軍。」

「哪有你說得那麼好。」苦笑。

「以後，不論往何處旅行，記得帶着大光明。」

凌芝凝視之乎，「你同情他。」

「才不，每個孩子終究要成為一顆行星，不再是父母的衛星，我喜歡他作伴。」

凌芝十分滿意他的答案。

但是要易之乎在短時期內再提起婚姻，不是容易的事。

一日，唐詩與宋詞約在一起喝茶，見面擁抱，「越發難得見面，只好帶着孩子一起。」

安排學生兒與保母坐另外一桌。

她們在説百物騰貴，物價飛漲，當然不以油鹽柴米作準則，而是「我第一隻愛馬仕鱷魚皮手袋才一萬港元」。

「大小姐，那時兩房公寓不過十多萬。」

「唉，幾時約好一起會見矯型醫生。」

宋詞答：「我拒絕虐待自身，我怕痛，我不會拉皮打針，爸媽生成這樣就這樣，我原諒自己缺點，我是人，我不完美。」

「那好，十年後坐在一起，朋友問你是否我媽，你別生氣。」

姐妹倆笑不可仰。

忽然有人走近。

抬頭一看，啊，如此低調子打扮華貴的年輕女子：皮子雪白，紅唇，配白襯衫深藍套裝，戴一副大顆獨粒鑽石耳環。
她輕輕問：「兩位姐姐可還認得我。」
唐詩即時說：「尚可，你不是容易忘記的人，這回子是麥太太了可是。」
可不就是者也的前任尚可，士別三日，刮目相看。
宋詞說，「你一個人？快坐下談幾句。」
這時永康永佳走近，細細打量尚可，笑嘻嘻把她認出：「舅媽。」
「啊，你們也還記得。」她淚盈於睫。
「大家都掛住你。」
「你們不怪我。」
唐詩說：「尚可，沒有人能控制緣起緣止，我們在社交版時時讀到麥氏新聞。」
宋詞也說：「讚你漂亮，裝扮得宜，永遠不會穿大紅衣裳挺胸凸肚拍照。」
終於她問：「者也好嗎？」

「者也在青海開發礦業。」

「他的女朋友是明星宗珊？」

宋詞答：「我正是宗小姐的經理人，我可代宗小姐發言，沒這樣的事。」

唐詩微笑，「者也正努力工作。」

尚可垂頭。

正在此時，尚可的電話鈴響起，她的助手也忽忽出現，「麥太太，開會時間到了。」

尚可的助手留下她的名片，站起離去。

唐詩沉默半晌，才說：「派頭不一樣。」

「全套低調行頭，未計首飾，已經是小伙計一年薪酬。」

「飛上枝頭，應當快樂，為何走來與我們含淚相認。」

人心總有不足之處。

即便是姐妹，也不再議論別人，結賬時唐詩把尚可的名片撕成兩半丟棄，表示不會再度聯絡。

「為什麼要對她客氣？」

「為什麼要不客氣，犯得着動氣嗎。」

者也要是繼續傷心，那真是學藝不精，與人無尤。

説是這樣，心裏到底有點不舒服。

宋詞明白，伸手撫摸她背脊。

唐詩只説：「都會地窄人多真討厭，處處碰見熟人。」

「所以老人家智慧離遠遠，不再干涉是非。」

「有些人避得過則避，他們像亞熱帶可怕飛蟑螂，其實並無殺傷力，才吋許長，捲起一份報紙可以把牠拍死，可是不論男女老幼，看到牠飛近，莫不驚惶失色，爭相走避，不敢與牠鬥，你説厲不厲害。」

唐詩有話也只得與宋詞説。

偶遇尚可，一直嘰咕。

閉上雙目，還似看到那副耀眼巨鑽耳環。

若非暴發，那有人五卡拉鑽石鑲耳環，尚女士排場嚇人。

第二天，宋詞把此事告訴宗珊。

宗珊微笑，「金錢不能求到愛情。」

「可是求愛之際總得依賴金錢能力吧。」

「詩姐可是嫌佣金低。」

「你會嫁給者也嗎。」

「我宗某是跑江湖女子，我豈有那般洪福。」

「看。」

稍後兩對家長要求唐詩畫一張圖表，劃出四兄弟姐妹的感情路線，例：唐詩↓夫陳平↓一對兒子陳永佳陳永康，婚姻狀況良好……餘類推，附着近照，像緋聞雜誌繪製的男女伶星關係近況，就算只是伴侶，也要提上一筆。

宋詞問：「已分手的是否打一個交叉。」

「名字與名字之間×，別塗髒他人照片。」

「索性不要照片也罷。」

「爸媽是為着諷嘲我們吧。」

「可能只是揶揄。」

「不是譏笑就好。」

「人人自身難保，都住玻璃屋中，也不敢丟這種石頭了。」

一邊做表一邊欷歔。

唐詩取出美術筆，在招貼上塗金邊，又蘸茶把紙張做舊，圖表變得似一件工藝品。

「可要多做一份存底，日後可能還需加減。」

「拿去打印。」

「有這麼大的尺寸？」

「你孤陋寡聞，做孖仔的媽日久，與最新科技脱節，此刻幾乎每間建築事務所與公共圖書館都設三乘四呎打印機及3D立體模型打印。」

「唷，帶我出外多多學習。」

「人各有志，各擅所長，你做好孖仔的媽，為社會作育英才，已經足夠。」

「他們會是英才？」唐詩懷疑。

「肯定是，否則你怎麼捱這廿一年艱辛生活。」

凌芝沒那麼幸運擁有投機的姐妹，她心事藏心底。

一日，凌媽問：「之乎可有提到婚嫁。」

凌芝答：「我自有分寸。」

「女方也可以含蓄建議。」

「我有分寸。」

「我問過光明，他說一次你打賭他揹不起你，結果他把你揹着走半條街，又有一次，你介紹同僚給他認識，事後他批評他們相當膚淺，心事不妨對他一人傾訴。」

沒想到大光明如此細心。

「這些，都是喜歡你的表示，你別不知不覺。」

「一旦有自己家庭，必不能照顧你與光明。」

「我祖孫倆不是你的責任，約會也別老帶着光明。」

「光明——」

「光明自有光明福，他若有志向，什麼也阻擋不住他成為一個有用的人。」

凌芝微笑，這並非勵志好話，這是事實。

她與之乎都十分享受這一段時光，相見歡，無責任。

男女之間，最快活便是這三兩年。

她還可以有精力時間為大光明策劃將來生活，像把他送到英國寄宿，順便升上大學之類。

那是之乎，者也一邊也有好消息。

他們找到鑽脈，而且相當稀罕，尋獲的是珍貴的紅鑽，質素比澳洲礦還高，許多大到一卡拉以上，照片中者也盤腿坐一堆原鑽前，有點像阿里巴巴。

之乎關心，「可有女伴。」

「放心，有男人的地方，一定有女人。」

「會有好女子嗎。」

「他喜歡便是好。」

唐詩乘機問宋詞：「那麼，你可喜歡張力。」

啊，張力，完全是另外一種人，洋化的宋詞碰到一個傳統華裔男子，只覺得事事新鮮。

他走路前三步，女伴跟他身後，並非男尊女卑，而是「好保護你」，從來不替她開門，拉椅子，脱外套，吃飯也不問宋詞吃什麼，他管他作主，喜歡大塊肉，不愛多刺海鮮，往往紅燒肉還要加雞湯，宋詞連忙吩咐服務員添一個蔬菜，他不反對她有主張，那是她多年獨行獨斷的結果，一個年輕女子，一定十分勞累，為幫輕她，他主意特多。

張力說：「你們中西合併社會十分狡猾，說是說男女平等，同工同酬，實際上向女性加壓，對她們既管內又顧外，懷孕還要上班，心力交瘁，本世紀女性心臟病發率比從前高三倍，作為我妻，做我內子即夠，最好不要全職工作，同我分工合作，撐半邊天已足，毋須揹整個蒼穹。」

什麼？太有良心了。

「在外打拼是男子肩膀應該擔起的責任。」

真是原始洞穴人尼安陀思想，叫宋詞訝異，開頭，頗為反感，但她不想為這種事與他開辯論會，貫徹始終的大男人也有優點，他把權利與義務一起實施，有些男性說一套做一套，在外頭要耍威風，回到家又叫妻子去推土，那才卑鄙。

張力的生活觀點叫宋詞好奇。

繼而欣賞。

他在社區中心教導野外求生，架起帳幕，鑽木取火、包紮傷口，運用最新導向儀……他是魯賓遜。

回到礦場，他又是地質專家，科學主導。

路見壞車：「女士，讓我來」，即時打開車頭蓋，看一看，撥兩撥，引擎復甦，「記得入車行檢查」，宋詞覺得驕傲。

站他身邊，任何女子都更女性化。

唐詩也喜歡，「見面次數不多，已能確知張力男子氣概十足，都會罕見。」

張力曾說：「我不吃卡路里低的食物，什麼一碗菜加幾滴油，我不是牛。」

手臂上肌肉用力時會得像老鼠般竄動，永康永佳最喜歡看。

一日唐詩說：「你的胸肌會否抖動。」

宋詞連忙說：「姐。」老大白眼。

唐詩亦覺過份，面紅耳赤。

私底下張力做給宋詞看，宋詞笑得打跌。

什麼都新鮮。

張力從不送花送果送各類賀卡。

不過有一日，他帶來一隻小小禮盒，打開，裏邊是一條小小紅鑽項鏈：「敝礦場第一顆寶石級首飾鑽」。

宋詞歡喜得淚盈於睫。

這不比一般禮物，她知道她在他心中有地位。

多麼特別的一個男子，也許在他出生地，張力最普通不過，但在兩性進化漸趨畸態的都會，他難能可貴。

城市男子天天坐辦公室電腦面前，缺乏運動，體質越來越差，女同事曾笑謔，「不要說胸與肩沒有肌肉，連臀部也垮垮似老太太」，一留意，果然如此。

女同事會購置簡單器材在家裏健身，凡事靠恆心，相當見效，男生，以為天賦異稟，毋須求進。

一天下午，同所有下午一樣，趕下班，特別忙，宋詞脫下外套，踢掉鞋子，撐着腰，身為經理人，替旗下員工爭取利益。

臉上走油，化妝糊掉，加上週期性小腹疼痛，不禁嘆一句：「做死人。」

有同事聽見插嘴，「不如嫁人。」

另外有人智慧地答：「更加做多一倍。」

正值此時，唐詩電話找她。

「什麼事。」

「阿詞，青海格爾木於當地時間上午八時十分發生五級地震。」

宋詞一時沒有反應。

「者也在北京公司同事知會我，礦場部份倒塌，證實有人命傷亡，詳細情況要稍後才知，我知悉後手足冰冷，立即提出要前往探訪，他們說公司已有妥善安排，懇請家人切勿輕舉妄動，靜候消息。」

宋詞四肢不能活動。

張力剛於昨日出發往格爾木。

「詞，我接你下班。」

宋詞聽見自己答：「我還有工作要趕，五時半見。」

放下電話，她把精力調撥回工作崗位。

抽屜裏收着拔蘭地小酒版，她對着瓶嘴喝。

她似魂離肉身，看着自己繼續為宗珊爭取，吩咐秘書出電郵，說明不可減薪酬數字。

對方答：「一個錢字不可看得太重。」

宋詞冷笑一聲，「既然如此，你老大方鬆一鬆手，啊，不對，你我都是打工仔耳，你做不得主」，對方氣結。

未到五點唐詩已經前來接她，見妹子說話舉止仍然狠且準，放下半顆心。

宋詞吩咐助手跟進。

她打開谷歌地圖，找到格爾木，果然，有地震新聞，但所悉不多。

她穿回外套偕唐詩到酒館喝上一杯。

一直悶着不出聲，終於在三客威士忌加冰後輕輕問：「有無最新消息。」

「通訊網絡遭到破壞，正在搶修，全靠北京總部聯絡，會緩慢一些。」

「暫時切勿告訴父母。」

宋詞點頭。

「真奇怪，感覺上時間空間凝住，與我們不再有關係，全宇宙只得一件事：家人安危，連永佳他們哭叫都聽不見，呆呆找到你，希望借力，一起渡過難關。」

姐妹倆握住手。

「回我家去。」

宋詞搖頭，「我想一個人靜一靜。」

「我怕你胡思亂想。」

她用手臂緊緊纏住宋詞腰身，拉她回家。

到達寓所吩咐保母做甜粥，吃了好有力應付意外。

宋詞泡一個熱水浴，換上詩姐運動服，忽然覺得累，倒在永康小床盹着。

床單勤洗，仍有奶香，不知恁地，大人小兒均喝牛乳，可是幼兒留香，大人

則不。

她無可避免夢見張力。

他走近她，「詞，我們結婚吧。」

她笑答：「人家會笑我是結婚專家。」

「誰是人家。」

「你說得對，那些阿誰，不必理會。」

「實話實說，婚後，家中規矩由我來定。」

「家聽你的，我無話可說，我仍做回自己，請勿騷擾。」

他凝視她，「也許，我就是愛你完全獨立這一點，那麼，我一旦離去，你仍可生存。」

「你離去，到何處？」

這時轟隆一響，把她驚醒，她一臉淚水，嚇得魂不附體，原來是永康打翻玩具箱。

她把永康叫近，摟住，用被子裹牢。

唐詩進來查看，也與他們抱作一團。

「仍然沒有消息，只說不停搶救。」

兩人悶鬱，不禁哭泣。

幸虧還需照顧孩子，不得不振作精神。

稍後姐夫陳平回來，看到宋詞眼紅紅，問她：「發生什麼事，失戀？」

唐詩聽見大怒，「你信不信我攆你出門！」

「我說錯話，對不起，對不起。」

躲進書房，關上門，似避瘟疫。

唐詩忿慨，「我很明白為什麼人要離婚，多年來，有福同享，有禍獨當，收入共產，說起心事，對牛彈琴，我已受夠。」

這時女傭進來說：「太太，那女明星宗珊找你。」

宋詞抬頭，「把電話給我。」

「她在客廳。」

宋詞連忙趕出，可不就是宗珊，小臉蒼白，頭髮紮一堆，只穿襯衫牛仔褲。

宋詞訝異，「你如何找到這裏，你應在廣告公司拍攝牙膏廣告，怎麼了？」

宗珊還未開口，已經嘔吐，分明驚嚇過度。

保母連忙前來照顧。

宗珊斷斷續續說：「者也安全，叫我前來通知你們。」

唐詩與宋詞面面相覷。

「你什麼時候與者也聯絡上？」

「他經過北京知會我。」

宗珊怎麼會比兩姐妹更早知道消息。

呵，電光石火之間，詩與詞都明白了。

唐詩緩緩說：「他安全就好。」

心裏不是滋味，自小一起長大的兄弟，幼時還一起站蓮蓬頭下沐浴呢，歷歷在目，忽然之間，姐妹不再重要，一次又一次，把陌陌生生女子頂到頭上，佔最重要位置，永不學乖。

者也認識宗珊有多久？

瞞着姐姐戀愛，把她們蒙在鼓裏，叫她們心涼。

保母讓宗珊喝薑茶。

她說：「周邊村莊受到較嚴重破壞——」

宋詞忽然問：「張力呢，者也可有提到張力。」

宗珊愕然，「他只說了三句。」

她把電話錄音播放給姐姐聽。

沒有提到張力，想必在那個時候，各人只能顧到自身。

宗珊站起，「我要回去拍攝，大家都在等我，這件事，詞姐，請包涵容忍我稍後再說。」

她忽忽離去。

姐妹倆坐着不知說什麼才好。

半晌，宋詞說：「竟連我也瞞過，我不知者也與宗珊秘戀。」

「別怪他們，宗珊是公眾人物，不方便過早公開私事。」

「你看她氣急敗壞，世界末日般神態，比我們還甚，可見對者也情深。」

「讓我們祝者也幸運。」

「這小子，到現在還不與姐姐們親自通話。」

唐詩酸溜溜不出聲。

宋詞內心苦澀，那一夜，她哪裏睡得着。

本來一見孖仔，渾忘煩憂，此刻也忍不住愁眉百結。

半夜，地線電話響，唐詩赤腳奔出聽，立刻大叫：「快來，是者也！只能說三分鐘。」

姐夫睡眼惺忪，「誰？」

宋詞接過話筒，聽到的卻是張力聲音，「我沒事，輕傷，別擔心。」

宋詞反應奇突，她鬆手掉下聽筒，忽然蹲下，嚎啕大哭，一句話說不出。

唐詩對張力說：「阿詞是嚇壞了。」

「抱歉——」

「不是說這些的時候，平安就好，做好公務盡快回來見面——喂，喂——」

電話已經切斷，每戶只能講三分鐘。

宋詞歇斯底里不能鎮定，唐詩把她緊緊抱住，唉，做人真苦，如此生關死劫統統要自身熬過。

保母也長長嘆息，給宋詞一把熱毛巾。

唐詩喃喃說：「如此關愛張力，是否要結婚呢。」

天已經濛亮，唐詩這才明白什麼叫做魚肚白。

姐夫陳平喃喃說：「還否認是失戀。」

面腫嘴腫，宋詞還得上班。

宗珊在公司等她。

兩人一言不發，相擁而泣。
「詞姐我有苦衷——」
「明白，你們的事，你們處理，不用向我交代。」
「詞姐你真是個明白人。」
「昨日拍攝如何？」
「不大理想，但導演收貨，說太美反而不似晨早起床刷牙模樣。」
人走運就是這樣，歪有歪着。
過兩日，者也與張力回轉。
張力先到，一徑到辦公室找宋詞。
他走進她房間，輕輕說：「一日不見，如隔三秋。」
宋詞抬頭，也不顧是公眾場所，一言不發，緊緊抱住。
助手與秘書都在門口張望。
只見一個臂長腿長紮壯大塊頭男子，長髮長髭，同英俊二字攀不上邊，不知如何，精明挑剔的易宋詞為他臉紅耳赤，像戀愛少女般不能自已。

同事面面相覷。

照說，宋詞已經結過一次婚，感情曾遭起落，是個過來人，怎麼還有膽色全情投入。

她應當明白，如此愛一個人，會遭到傷害。

助手斟出咖啡，咳嗽一聲，招呼客人。

兩個成年人一聲不響，靦腆對望一下，又低下頭，像小同學。

助手輕輕掩上門。

終於，大塊頭問：「可以告假否。」

「還有工作。」

他點點頭，「我先回你處梳洗。」

這才發覺他身上已有氣味。

宋詞這才想起兄弟：「者也呢。」

「他回唐詩處報平安，其實當時我們一早走到空地，忽然想起附近一間小學校，趕去救援，孩子們都躲在枱底，我們幾個工作人員連忙把他們抱出。」

「可有傷亡。」

「學校只得一班學生，廿餘人，全部安全，屋頂塌下一半，五級地震未算嚴重，再高則不堪設想，老師雙腿不良於行，者也索性放肩上揹出，輪椅是報銷了。」

「你額角擦傷。」伸手輕撫。

「真是醜上加醜。」

「誰敢説救人英雄醜。」

「任何人在那地方遇到那個情況，都會照樣做。」接着説：「有無大杯些咖啡？」

過去那廿多小時，宋詞真不知是怎樣捱過。

可是，張力始終要回轉礦場工作，宋詞黯然。

傍晚，他們一起到唐詩家。
大塊頭看到宗珊怔住。
宋詞微笑，「天下竟有如此美女可是。」
張力答：「像洋娃娃一樣。」
大家坐一起似一家人。
宗珊與者也再也不閃縮，兩人貼緊緊坐一張椅子，永康永佳見有趣，爬上膝頭，也一人坐一邊，結果變成一張椅坐四人。
大家都只珍惜相聚時光，沒有多話。
女傭做了整鍋洋葱豬排，張力吃最多，幾個女生只用洋葱伴幾匙飯。
者也說：「兩個姐姐一直吃得像小鳥，不知何以為生。」
唐詩揶揄：「有你們這樣兄弟還吃得下嗎？」
張力在沙發上呼呼入睡。
客人都捨不得走，姐夫陳平說：「也許是時候換間大些公寓，親戚坐得舒服些。」

這時，唐詩又覺得陳平是名及格丈夫。

唐詩問：「不知宗珊什麼時候公佈消息。」

宋詞答：「她告訴我，會一直向外維持低調。」

「婚後仍然工作？」

「做些靜態工作像平面廣告之類。」

「她真是聰敏。」

「都是上天給她的天賦，叫人妒忌。」

唐詩把那張親屬關係表取出，添上宗珊圖文。

接着隨口問：「你呢。」

宋詞不出聲。

「感情的榮枯，你也略知一二，這次可不容輕率。」

「我一向慎重，」宋詞回答：「當初對劉准，我也當心，只是漸漸那種美好春曉日出般感覺消失，雙方缺點暴露，去到不可容忍地步。」

「那叫心變。」

「與張力，恐怕歷史重現，我不打算再婚，或是同居，此刻每一天見到他都如此歡喜，已經足夠。」

「那是你粉彩般憧憬，他可能不這麼天真，他或者需要一個家，每天可以吃到兩菜一湯，還有頑皮透頂的孩子，笑呵呵一把抱起放肩膊上，你不能提供服務，他只好往別家。」

「別人？」

「當然。」

「都一樣？」

「都是女子，都有愛家本能，能夠遷就他，加三十分不止。」

「聽着真心寒。」

「世上沒有無條件的愛。」

「你對永康與永佳——」

「他們長大不爭氣，遊手好閒，無所事事，我也會心灰意冷，不再眷愛。」

「喂，活在當下，不可氣餒。」

兩姐妹緊緊握牢四手。

才說道劉准，就碰到劉准。

一日到時裝店挑選秋衣，就碰到此人。

他耐心坐一張沙發上，翻閱報紙，一看就知道是在等人，一個女伴，而且是重要的伴侶。

聰明服務員知道宋詞是前任劉太太，連忙迎出，「易小姐，我們準備了幾套你喜歡的湯福特西服，給你送到公司試穿如何。」

宋詞點頭，剛要識相離去，劉准卻看到她，輕輕叫她：「宋詞。」

宋詞幾乎已走到店門口，也只得回頭大方招呼。

這時，一個漂亮年輕女子自試衣間走出，對牢鏡子轉一個身。

宋詞微笑，「過去吧。」

「我——」劉准忽然哽咽，這人，不中用。

宋詞已經拉開店門出去。

轉頭，看到店內的女子愛嬌地問劉准裙子領口是否太低。

事後，對唐詩說：「年輕、漂亮、有一種你我所無的嗲相。」

唐詩笑，「真納罕他們如此快便找到理想女伴，那位小姐姓應，娘家十分富裕，在大學讀了三個學位都沒遇到對象，姻緣前定，劉某拾到寶，從此他是應氏電訊要員，不愁前途出息。」

「但是，對過去都彷彿對我們有所牽記。」

「我易家怎麼說？不是團結，我們從未想過要組一隊兵大幹一場，我家和睦，真誠待人，所以他們有感應。」

宋詞微笑。

可能是。

「別人家有許多勢利眼。」

「劉准為人蠢鈍急躁，日後一定招到白眼。」

「誰還顧得到他。」

早十年，女性到了廿六七歲還不結婚整家都慌，到今日，美國人口統計部預測再過十年，百分之四十年輕男女可能終身不婚，結婚將變成奢侈生活形式。

當然，這會嚴重影響嬰兒出生率，人口老化變本加厲，滿街都是四五十歲的老青年，退休年齡一再延遲，六七十歲還聽鬧鐘使喚。

唐詩説下去：「連鎖反應，矯形術盛行，整容醫生發大財，不論男女，都設法回春，想盡法子叫外表年輕，以便繼續在社會混戰。」

宋詞説：「公司同事説本市有一名整形醫生神乎其技，專擅打針叫皮膚光滑飽滿，自頂至踵，尤其是女性脖子胸前雙手，連——都可以重塑。」

「郎中。」

「助手做了嘴唇，不知多自然豐滿，祖母世代不是流行櫻桃小嘴薄唇嗎，不

了，今日相反要感性立體。」

「該醫生門庭若市，客似雲來，年紀輕輕，自立門戶，預約排至明年中。」

「那豈非一半都會名媛影星都同一面模。」

「不會，醫生按各人需要訂做。」

看樣子，唐詩蠢蠢欲動。

「都說不贊成整形，可是當自身有需要之際，立刻改觀。」

「該名神醫是什麼人。」

「我替你打探。」

「收費一定昂貴。」

「那還用說，一萬元一支針，有人一次打了五十多針。」

「我的天，效果如何。」

「整張皮子緊湊，精神奕奕，神采飛揚，別人看了都替她高興。」

「這樣妙，可有『前』與『後』照片。」

「這倒沒有。」

兩姐妹大笑，人生有苦有樂，至要緊自得其樂。

能夠研究整形這一門事，可見難關已經渡過。

宋詞問助手：「那鬼斧神工醫生可有名片。」

「她不派名片，不刊廣告。」

「這麼說，全憑口碑。」

助手拉低衣領，「事實勝於雄辯。」

她的皮膚細白，可是近年不知怎地角化，一頸凸出芝麻大小顆粒，十分煩惱，想盡辦法，脫除又長，頗吃了些苦頭，且耗費資金。

今日光滑白皙，宋詞讚不絕口。

助手笑，「我把醫生地址姓名寫給你，當然，這並不表示你需要醫生的服務，宋詞你標致如昔，十年如一日。」

好話人人要聽，宋詞笑出聲。

是唐詩，生過雙生子的她腹肌撐裂，肚皮有點鬆，已不是節食可以救助。

看到助手寫出姓名地址，宋詞怔住，「平果矯型醫生，電話地址——」是平果。

她學有所成。

這神秘奇異女士經過歷劫終於熬出頭。

宋詞微笑，整形科與腦科同等複雜，醫生且需具審美眼光，才能受客戶歡迎。

她忍不住致電平醫生。

接待處回答：「平醫生現時在滇緬參與微笑行動志工服務，本月十四日方返回本市，你可是要排期約見。」

啊，平果是平果。

「需排到幾時？」

「最快明年三月中。」

「可否拔號。」

「醫生説眾人平等。」

「當然，當然。」

「這位小姐貴姓，三月十六號下午可以嗎。」

宋詞説：「我想一想再知會你們。」

這時助手取來一份平醫生收費表，例明公價，表示決不會漫天討價，連咖啡都標明二十元一杯。

宋詞微笑。

唐詩嘖嘖稱奇：「我的一生，三句話可以説完，這平小姐，卻似一部長篇小説。」

「這麼忙，她還去做義工，微笑行動醫生群專治兔唇裂顎兒童，是我最崇敬的慈善機構之一。」

「平果算是再世為人。」

「其實她根本就立志幫助她認為需要幫助的人。」

「我們去她診所排隊吧，到了約定時間，臉皮已鬆，正好診治。」

「我們在此不妨說笑，別讓之乎知道。」

「之乎身邊有剛健婀娜的凌芝，已無他想。」

人生多奇妙，各人都像是得到好歸宿。

宗珊這樣說：「大抵有十年左右，眾攝影師都讚我是最上鏡小姐，上下四面左右高低，怎麼拍都漂亮，只需按鈕便行，今年，他們說：『咦，自高往低拍眼睛比較大，下巴瘦一些』，可見，已大不如前。」

者也輕輕說：「該退下了。」

「是呀，莫待茶涼人厭，做別的行業，自信很重要，我們不行，我們要有自知之明，偏偏這件事，說時易做時難，你看當年的M，一團粉似可愛，今時今日，她一登場，驚嚇指數爆表，行家說已去到不忍卒睹地步，她卻洋洋自得，若果生活不成問題，其實是不亮相的好，不知她是真不明還是假不明這道理。」

「什麼都不做日子怎樣過。」
「讀書寫字看戲旅行。」
「都膩了呢。」
宗珊笑，「學烹飪，專做中國各省糕點，聽説單是蘇杭糖果，就做一輩子。」
者也笑，「可要我陪你。」
「你做你的，挖完紅鑽掘藍寶。」
他們在該年冬季往英格蘭悄悄註冊。
兩對易氏父母做見證。
宋詞身為經理人，她與張力趕到觀禮。
唐詩走不開。
婚禮極之簡單，一對新人只穿體面西服，宣誓、交換指環、簽署文件。
女方並無親人出席。

易太太對兩姐妹訴苦：「看我眼瞼，不行了，直掛下，影響視線，有時要用膠布貼着看報，十分搞笑。」

唐詩一看，果然如此，易媽六十出頭，身段維持極佳，這件事叫她頹喪氣餒。

宗珊看到說：「不要擔心，我認識一位極好整形醫生，請她看一看。」

易媽說：「聽講有些醫生切除眼皮部位太多，雙眼閉不上，比現在睜不開還慘。」

大家都不敢笑。

「不怕，這醫生手術奇佳，姆媽，你與我們一起回家走一趟。」

「對，媽媽回家看看家裏灰塵可有太厚。」

回到家，宋詞聯絡醫務所，「我叫易宋詞，請知會平醫生，家母眼瞼想做小手術，可以跟我聯絡否。」

原以為接待處會冷冰冰，誰知十分合理，「我會盡快替你通知醫生。」

唐詩問：「會不會叫我們等一年半載。」

宗珊說：「讓我補一個電話，醫生認識我，我去除過痣。」

唐詩宋詞面面相覷，她倆見過面。

約一小時後覆電來了。

「詞姐，請看易伯母什麼時候有空，今明後上午八時或下午五時都可以。」

「呃，明日上午可好。」

「明天見。」

竟如此爽快，聲音甜美不變。

宗珊笑，「怪不得家長都希望家裏出醫生。」

大家不敢出聲。

易太太覺得安慰，「一點小事叫這麼多人操心。」

「應該的。」

翌晨宋詞與宗珊陪易太太到醫務所。

平醫生穿白袍迎出，向三位女士頷首，即時檢驗，一邊說：「沒問題，我替伯母做一項歷時半小時左右小手術，休息片刻便可回家，明晨同樣時段可好，今晚開始請禁食。」

易太太有怯意。

平醫生替她拍照鍵入電腦，指着熒屏，「這是你」，做一個步驟，「這是明天的你，可是精神得多」。

易太太一看，「啊，好得多，不再瞌睡樣。」

宋詞詼諧建議：「媽媽反正來到醫生處，雙眼不如做圓大些。」目的叫母親大人鬆弛。

易太太要手，「不要不要，照醫生設計便可。」

大家都笑。

醫生送她們到門口。

與宗珊道別，上車，易太太輕輕說：「那不是平果嗎。」原來她一早認出。

「媽媽好眼力。」

易太太不知說什麼好，半晌表示，「是之乎沒有福氣。」

「宗珊與淩芝也一等一。」

「醫生可做到八十八歲，升作醫學院院長。」

這是事實。

靠面孔吃飯，流星一般。

一整晚宋詞都陪着老人家。

說到底還是女兒家細心，一早服侍易太梳洗、喝一口水便出發往醫務所。

平果迎出。

看護笑臉欣欣，請易太簽署文件。

宋詞緊握她手，易太太聞到麻醉氣失去知覺，這時唐詩也趕到。

平果說：「請放心。」

她們兩人在候診室等着。

所有手術，都存在危險。

稍微超過三十分鐘，手術完畢。

平醫生說：「我還有別的客人要趕，看護會給藥，三天後拆線。」

「費用是否照單子所列——」

平果詫異，「我怎會向易家任何人收費。」

宋詞說：「那麼代你捐微笑行動。」

平果笑笑，「謝謝。」

宋詞寫張支票抬頭給微笑行動。

進房看母親，唐詩帶來一副大墨鏡替易太太戴上，「宗珊送的最時髦款式。」

易母雙眼青腫嚇人睜不大。

唐詩餵她喝檸檬水。

這時，辦館送水果鮮花到診所，看護沒聲價道謝，易母的老式禮數在新世代照樣受歡迎。

三天後拆線，雙眼緊緻如三十餘歲，連眼袋一併修除，易家眾女子終於明白，大夥在平氏診所排隊原因。

唐詩讓平醫生看小腹。

平果這樣說：「十年後再來找我。」

唐詩開心釋懷。

平果輕輕問：「可以一起喝茶嗎。」

「有空約你。」

宋詞多事問一問：「平果你可有再婚。」

「我？結婚需付出大量精力時間，之乎那麼容忍男子都覺得我不是那塊材料，我何必再試，那名男友仍是男友。」

如此坦白，一點也不江湖，叫宋詞佩服。

她又說：「聽說之乎升職，他應得到幸福。」

消息如此靈通。

這次之後，她們再也想不到會在最奇特情況，再次見到平果。

易太太並無住下來，與外孫玩足半個月，又回到外國，繼續做永久遊客，她把大公寓讓給唐詩住。

宋詞一直送到底。

易太太說：「你看之乎與者也人影不見。」

「所以要生女兒呀。」

那日在診所，宋詞膽子嚇破，倘若醒不轉，也就是易媽的一生，既然無恙，就得花多些時間陪伴。

回程飛機鄰座幼兒吵得不得了，有對年輕夫婦非常不滿。

宋詞勸說：「不要嫌，一下子就大了，變成你倆模樣，成家立室，然後，生下孩子，跑來跑去鬧個不停。」

年輕夫婦臉色稍霽。

張力回去重整礦場，拍攝所見，回紋形礦地一層層落下數百尺，並非不見天日礦洞，故此傷亡不重，已恢復生產，一切礦場因傷害地衣，都相當醜陋，發掘一噸礦石，才獲一卡拉鑽石，還不是寶石級，只可作工業用途。

宗珊說：「那些富貴太太身上鑽飾，恐怕是炸掉半座山所得。」

過片刻又說：「詞姐與阿力大哥結婚吧。」

「我已結過一次婚。」

「那不算什麼。」

「等於考試，一次不及格，不敢輕率重考。」

宗珊笑不可仰。

易家幸運，女兒與媳婦都愛笑。

宗珊說一個故事：「一名賭場老闆，六十壽辰，用飛機把客人載到波拉波拉住上整個星期度假，他的客人是他前妻與前女友。」

「啊，這麼奇怪。」

「其實人數不多，三個前妻，三任女友，但他是怪人，連帶叫她們把前夫前男友也帶來。」

「哎唷，都願意做身份尷尬的人客嗎。」

「嘿，有便宜誰會別轉頭，結果一共七十餘人，幾乎坐滿包機，成為都會奇譚。」

太荒唐了，宋詞笑不出。

唐詩有她忙處，陪兩個兒子到幼兒幼班面試，挑選可以直升小學的名校。即便是國際學校，冒着孩子將來不諳中文之險，也人頭濟濟。

家長滿滿一堂，因為都明白到，孩子功課等於家長功課，若不想寫報告與做勞作到淩晨，國際學校還算上選。

各家長在談論有何法寶。

唐詩說：「我教會他們背羅密歐與茱麗葉樓台會對白。」

宋詞驚駭，「你瘋了！」

唐詩得意洋洋：「我也覺得是。」

「看到你這種情況，誰還敢生孩子。」

永佳扮羅密歐：「呵，遠處窗戶為何明亮？是茱麗葉，茱麗葉是陽光。」

永康扮女聲，「啊，羅密歐，為何你是羅密歐，我唯一的愛竟源自唯一的恨。」

其餘家長幾乎眼珠反白。

兩名兩歲半孩子順利獲得錄取讀學前班。

宋詞諷刺：「揠苗助長。」

親友間將此事傳為怪談。

有誰編一個專輯，專門說孩子投考學校笑話，必定大受歡迎。

唐詩最按章工作，讀完書結婚、生子、育兒，放棄個人工作升職前程，社會不知她有多能幹，她自身也不曉得。

丈夫陳平收入普通，唐詩毋須量入為出，皆因父母一直有補援物資，像這次，搬入大公寓，連裝修費用都由父母支付，她是賠錢貨，皆因不想降低生活水平，不停支取嫁妝。

做成習慣，唐詩不覺有何不妥，這是她天賦福份，各人修來各人福。

屋大心寬。

女傭與保母也開心，她倆有一間休息室可以喘氣。

永康與永佳在走廊騎腳踏車，樓下鄰居敲門，「易先生太太一向最靜，你們是什麼人，為何吵鬧。」

兩個幼兒笑嘻嘻用普通話說：「你好，你好」，接着又用英法語問候。

鄰居氣消。

唐詩說：「我會叫他們到露台運動。」又問：「你家有孩子嗎？」

「上大學去了。」

呵，唐詩想，幾時我也等到那一天呢。

她不知道今世代的子女多數不願長大。

鄰居說：「一星期也不回來一次，見面手搭在母親肩上挺親熱，是要零用。」

唐詩哈哈大笑，她自己做了母親也還如此。

「畢業後有工作，也還百般倚賴，物價飛漲，樓價高企，總得大人補貼。」

世上總有例外，像平果與宗珊，自幼獨自跑江湖，走公海，還有淩芝，也挺直腰板獨立。

唐詩自嘆勿如。

說到淩芝，怎麼冷落了她。

不能太偏心，把她約出喝杯茶。

「宋詞，你也一起。」

「我實在走不開。」

「……」沉默斥責。

「你講的對，將來都是親戚，不可厚此薄彼，我遲些到，代我道歉。」

凌芝比她早一點到，已在茶座找到近窗位子，唐詩連忙迎上，代宋詞解釋。

凌芝穿便裝也英挺神氣。

唐詩說：「許久不上我家，可是怕了永佳永康。」

凌芝沉默一會，臉上露出寂寥之意，「原來詩姐不知道，我還以為你約我出來，是為之乎發言。」

唐詩張大嘴，「我聽不懂你意思。」

「詩姐，之乎有意與我疏遠，我已數星期沒見他，找他，他留電訊說事忙。」

宋詞剛出現，恰恰聽到最後兩句話。

她也怔住，悄悄坐下，不出聲。

唐詩覺得頭皮發麻，繼而心酸，這麼優秀女子，也要遭到這種劫數。

唐詩手足無措，只得掩住臉，化妝揉糊掉。

本來以為愉快茶會變成樓台會。

宋詞說：「我去查明原委。」

凌芝忽然微笑，「不用了，兩位姐姐關懷叫我溫暖。」

「怎麼會這樣。」

凌芝輕輕答：「人生不如意事常八九。」

姐妹倆是真覺遺憾。

凌芝的電話響起，她聽一會，「馬上到。」

她站起與唐詩宋詞親切握手，磊落離開茶座，身形筆挺。

姐妹倆呆坐片刻，唐詩忽然驚呼：「易之乎怎麼做出這種事，凌芝配槍，得罪不得！」

易家男子怎可欺騙女子感情。

凌芝與他已不止男女朋友那麼簡單，為什麼驟然冷淡。

姐妹倆臉色煞白。

「不管我們事。」

人。

「怎麼不管，之乎是兄弟。」

「他也太不道德，一腳踏兩船。」

「也許已打算與淩芝分手，暫時不告訴我們而已。」

「淩芝會放過他？」

「不要小覷今日女性，都拿得起放得下，有苦自家知，眼淚肚裏流。」

姐妹深深嘆息。

事實，也同兩姐妹的猜測差不多。

淩芝察覺原先親愛緊貼的易之乎漸漸滑走。

她黯然，不是你的就不是你的。

認識日子不長，由她主動，這一次，她等他先開口。

英氣的她有點憔悴。

電話漸少，避不見面，都是他們慣技。只是沒想到易之乎也會是他們其中一

終於，他約她說話。

他比她早到，坐在角落位置，這咖啡店他們以前常來，他對她說心事，連七歲讀小學愛上女同學美美也告訴她，叫她甜滋滋。

凌芝大大方方坐下，微笑，過了廿一歲，人人都有一點演技。

她看着英俊的易之乎，他不是壞人，所以一時開不了口。

凌芝又採取主動，「有什麼話不妨直說。」

之乎這才低聲說：「凌芝，以後我倆恐怕不能見面了，我愛上另外一個人。」

凌芝終於聽到真話，以前種種，歷歷在目，易之乎要一筆勾銷，凌芝、大光明、大眼狗，都沒留住他。

凌芝聽見她自己這樣說：「多謝你給我快樂時光。」

「那也是我的快樂時光。」

「我會想念你。」

之乎說：「我也是。」

她說一句，他跟一句，有點可笑。

太尷尬了，凌芝站起，「我完全明白。」雙眼通紅。

她站起轉身離去。

在門口，手提電話響起，「凌督察，總部找你，商討重案，請即報到。」

謝謝天有這份吃重緊急服務市民的工作。

這樣一段有希望有前途的感情竟不了了之，凌芝黯然垂頭。

她不會給對方難堪。

不，不是要對方記得她有這個好處，而是她十分自愛，一定要和平離去。

凌芝深深吸進一口氣。

她回到工作崗位。

要自凌芝口中，唐詩與宋詞才知道之乎身邊可能已換了人，誰？

感情叫人摸不着頭腦。

這些事，當事人不說，旁人怎麼好問。

姐妹終於見到之乎。

唐詩冷冷問：「好久不見凌芝。」

之乎抬頭，「我倆已經分手。」

「為什麼。」

「姐，我不想解釋。」

「那麼說，你有原因？」

「姐，與你不相干，你別問。」

「我想知道，你為何傷害凌芝，她也是人家女兒，掌上明珠，珍如拱璧。」

「姐，男女在一起，不一定走向圓滿結局。」

「總有個說法吧。」

宋詞說：「好了好了，他不想講，你何苦逼他，之乎是自家兄弟，凌芝是外人。」

唐詩不知何來的氣，「媽媽怎麼教你？不可傷女孩子的心，不可佔女孩子便宜。」

之乎也生氣，站立，「姐，這些年多謝你管教，媽媽旅居退休不管閒事，輪到你接棒，管頭管腳，你百樣有份，簡直是代母，你忘卻我與者也已經老大，很多事，請閉嘴。」

唐詩氣得面孔煞白。

宋詞問：「第三者是誰，你說了不就脫身。」

「我偏不說，與你們無關，再嚕囌，我不上你們家。」

他風一般搶過外套離開詩家。

唐詩頓足。

宋詞說她：「你看你，狗拿耗子，多管閒事。」

唐詩坐下，漸漸冷靜。

她說：「我是怎麼了。」

「你大概是想起自家初戀失敗的事。」

被宋詞講中。

那個年輕人，只比她大一歲，高大英俊，光是站着已經夠好看，一次冬雨，穿長大衣趕來圖書館見她，略皺眉頭，一路跨步，拂開雨珠，更說不出漂亮，大叫唐詩心折。

但是，他沒有久留，不久往美升學，失去音訊。

她有時撫摸胸膛，只覺他所傷那道疤痕還在。

唐詩吁出一口氣。

她一個月也不與之乎聯絡。

之乎也似乎真的怕煩，個多月不出現。

接着，兩個孩子上學前班，她更加忙碌。

學前班有家課！

兩夫妻摸不着頭腦，幸虧孩子們相當乖巧，勇於學習，叫別的家長羨慕。

有開，她把家屬關係表取出更正，把淩芝劃掉，補上「？」號。

那第三者到底是誰。

始終要出來見翁姑的吧。

一日，正在陪孩子們畫八大行星，是，現在只剩八顆了，神秘的冥王星竟被踢出太陽系，天無眼，正嚕囌，電話響。

宋詞聲音：「救命！」哭出聲。

「什麼事？」

「姐，快來慈恩醫院。」

唐詩一顆心跳出，「什麼事？」

「不是我，是宗珊，拍賽車爆破鏡頭，她意外受傷，碎片擊中頭部，情況嚴重，唐詩，她已有兩個月身孕。」

唐詩一聽，頭部黑了。

這不是教誨任何人的時候，她吸口氣，「我馬上來。」

她不是醫生，但是精神支持十分重要。

放下彩筆，她立刻趕出。

醫院門口一大堆記者，議論紛紛。

宋詞迎出：「者也人在北京還不知道，宗珊説暫時不要告訴他。」

「她傷勢如何，可以説話嗎。」

「一塊碎片反彈打中額角，頓時開花，血流一臉，嚇得工作人員手足無措，即召救護車，醫生説無生命危險，但——」

「胎兒——」

「我立刻向醫生匯報，他們即時予以適當護理，可是，真的難説。」

唐詩心如刀割。

者也出差在外，這可怎麼辦。

正在此際，一個男子搶進，唐詩脱口：「者也，你回來了。」

他緊緊抱住唐詩，「詩姐，我是之乎。」

慌忙間連姐姐也認錯人，兄弟肩膀寬，到底可以倚傍。

他身邊還有一個人，與主診醫生交談，然後兩人迅速進入病房。

宋詞眼尖，跟着走近，這不是平醫生嗎。

她怎麼在這裏。

各人走進病房，之平因是男子，識趣站在門角，讓女士們説話。

只見平醫生輕輕問候，握住宗珊的手。

「認得我嗎。」

「平醫生。」

「這是胚胎的素描照片，他情況理想，別擔心。」

「他？」宗珊虛弱的問。

「是呀，血液檢驗，是一個小男胎。」

「唉，原先以為沒嘔吐是女孩，可以母女逛時裝店。」

兩姐妹啼笑皆非，情況如此凶險，還掛住這些。

只見宗珊面如金紙，上氣不接下氣，元氣大傷，各人都心痛。

「別想太多，你休息為上。」

平醫生拆開宗珊額角紗布，看一看傷口，「這是什麼人做的？」

「急症室醫生。」

平醫生氣惱，「我即刻替病人重新縫合，你看，兩邊眼角都不等邊，受傷這邊扯高近一公分，叫宗小姐以後如何工作。」

主診醫生有點尷尬，「是，是。」

唐詩這才發覺宗珊已經破相。

宋詞心酸。

倒是宗珊，她這樣說：「胎兒無恙就好。」

平醫生說：「請把宗小姐大頭照傳一張給我。」

宋詞即刻去做。

病房外守着該組工作人員，老闆正與製片緊張會談。

「怎樣，醫生怎麼說。」

「不幸中大幸。」

製片與老闆鬆口氣。

這時，已有工作人員送物資過來，花卉擺滿走廊，還有各式鮮果糕餅。

宋詞說：「都轉贈老人院吧。」

老闆問：「宗珊幾時復工？」

在商言商，老闆血涼，無可厚非。

「讓她休息一個星期。」

「那怎麼行，戲趕着過年上映。」

「用替身。」

「外邊有記者說宗珊懷孕，可是事實？」

「我也是剛知道。」

「誰是經手人？」

愁眉百結的宋詞一聽那三個字，忍俊不住笑出聲。

「誰？」

「她丈夫。」

「宗珊幾時結的婚！」

宋詞不出聲。

老闆頓足，「你這個經理人怎麼當的，唉呀，寧養千軍，不養一戲！」

製片趕忙把急躁老闆拉開，「我一定想辦法。」

病房內，平醫生舉起宗珊最佳彩色大照，仔細觀察，然後，用一支顏色筆，在宗珊額角加上虛線。

「宗小姐，不好意思，又叫你捱刀。」

宗珊答：「不怕，勞駕平醫生。」

醫生穿上保護衣，麻醉師趨前局部注射。

旁人靜靜退下。

唐詩這時輕問：「是你知會平醫生？」

「不是你嗎？」宋詞一怔，「我以為是你急智。」

「咦，是誰報訊，平醫生怎麼會來。」

兩姐妹忽然看向易之乎。

宋詞說：「我把消息通知你之後曾與之乎聯絡。」

他們忽然沉默。

明白了。

兩人跌坐長櫈。

第三者是誰，已經真相大白。

宋詞低聲在唐詩耳邊說：「之乎又與平果在一起，故此死不願透露是什麼人，連他自己都覺得尷尬。」

「唉。」白白犧牲淩芝。

「復合會有幸福？」

「不干我們事，我們佯裝愚蠢，看不透煙霧。」

「記住，之乎不說，我們也不提。」

沉默一會。

宋詞忍不住，「怎麼又轉頭找平果。」

「平現在不是黑市醫生了，她正式持有執照，在本市鼎鼎大名，名媛追捧。」

「但——」

「不要多管閒事，一於糊塗做姐姐。」

大家端正坐好。

這時之乎走近，「者也下星期回轉。」

姐妹唯唯諾諾。

「我回去上班。」

唐詩裝作仍然生氣，不去睬他。

之乎離去。

平醫生做完手術出來招呼，「兩位姐姐，我得回診所，有機會再喝茶。」

「我代宗珊向你道謝。」

「不要客氣。」

走到樓下，只見記者越圍越密，不論見誰，都高聲問：「宗珊傷勢如何」，「宗珊是否懷孕」，「為什麼不告訴我們，大家都擔心關心。」

宋詞不得不發言：「宗珊情況良好，她的事稍後她會交代。」

「什麼時候？」

「一星期後，她會開一個記者招待會，各位別心急，現在請回去吧，莫阻塞醫院通道。」

唐詩輕輕說：「你那份工作不好做。」

三日後，宗珊起床，背誦詩姐為她準備的稿子，「各位親愛的記者朋友——」多肉麻，還要深深一鞠躬，「感激各位熱情關懷，宗珊永誌不忘，宗珊想宣佈，我已於秋季與易君在英正式註冊結婚——」

說不下去。

宋詞接上：「因是私事，未曾知會各位，請大家體諒。」

結婚還要大眾包涵，這口飯不好吃。

「現在，我與工作人員急着要把工作趕出，如期上映，請大家繼續支持宗珊。」

這時，唐詩扮記者：「宗珊是否懷孕，還繼續拍攝，先生沒意見？」

宗珊說下去：「請各位祝福我。」

「胎兒是男是女？」

宋詞護着宗珊。

她額角傷口漸癒，縫工甚佳，幾乎看不出來，宗珊輕輕掀開紗布，記者忘記胎兒，注意力全放在傷口上：「危險」，「離眼睛不遠」，「嚇壞人。」

報紙雜誌大頁大頁刊登彩照與報道。

製片破涕為笑，「這宣傳起碼值三億。」
又起易者也底子，幸虧所知不多，亂說一起。
者也回轉，不說什麼，光是關心妻兒。
小兩夫妻謝客，之乎與平果一起蒞臨。
唐詩不與之乎說話。
姐弟從來不曾如此陌生。
宋詞請永康永佳表演朗誦。
永佳搖頭擺腦，「床前明月光，疑是地上霜。」這是唐詩。
永康則吟：「平林漠漠煙如織，寒山一帶傷心碧。」這是宋詞。
眾人忍不住大力鼓掌。
宗珊說：「兩個孩子這麼大了，見到你們真開心。」
之乎走到唐詩附近，「姐。」
唐詩裝作沒聽見，走到另一角。

之乎又與宋詞招呼。

宋詞看也不看他，「大家動筷，不用客氣。」

宗珊想挾毛豆炒蟹，被平果阻止。

唐詩特別感喟，尚可呢，淩芝呢，祝她們生活愉快。

吃完飯，者也與孖仔玩呵癢吱吱，互相撫摸肚皮，他們笑得呵呵哈哈哈在地上打滾。

世上有真正的快樂嗎，有，這就是，不過，快樂隨年紀消逝，可是，細胞有記憶，還以為只要努力，仍可尋獲到快樂，於是在苦苦搜索當兒，變成最悲哀的人。

偏偏這時之乎走近，「姐——」

唐詩不客氣問：「我有要同你講話嗎？」

那邊宗珊跟宋詞表白：「本來怕生男孩，他們長大會有一屋臭鞋臭襪，但永康永佳那麼可愛——」

唐詩插口：「你不用擔心臭腳，還有更叫你害怕的事。」

「什麼。」

宋詞連忙按姐姐手，已經來不及。

唐詩說：「將來他結婚生子未必知會你。」

宋詞連忙把姐姐拉倒一角，「你怎麼了。」

「我實在氣惱。」

之乎走近，「對不起，兩位姐姐。」

宋詞也忍不住，「你行事鬼祟，目中無姐。」

之乎無話可說。

「算了，關我們什麼事，我還是多多管教永佳永康的好。」

宋詞說：「也難怪你之乎，一個會跳艷舞的醫生，什麼地方找去。」

之乎一言不發走開。

輪到唐詩責備，「你怎麼了。」

「對不起。」

「兄弟長大，有自己的家，勢必與姐妹疏離，不順心也沒用。」

秘密已經掀開，經理人出主意，索性把宗珊胎兒超聲波掃描照都公開。

唐詩問：「不大好吧。」

「置之死地而後生。」

「詞，我不喜歡你那份職業。」

「詩姐，我也不喜歡你的工作。」

張力知道她倆齟齬，這樣說：「詞你個性太強。」

「外頭是人吃人世界——」

「越說越淒厲，把自己的婚期越拖越遲。」

「我的婚期，我嫁誰？」

「姓張名力的一個人。」

「這是求婚？」

「婚不用求，結婚，是兩人合作商議的重要決定。」

「你會同我這樣一個女子一起生活？你也看到，我作息無定時，專職與旗下藝人及其老闆周旋，還有，設法討好記者大人……」

「聽上去極之熱鬧，比起我，專在火星表面似礦場躑躅尋寶，多麼荒涼。」

都是非人生活。

「我們把者也調回北京做文職，美麗的宗珊可以放心。」

宋詞這樣說：「我離婚不到三年，我不會那麼快再婚。」

「這是本市訂下的法律？」

「我心目中自有主意。」

「我等你。」

宋詞有點感動。

「在這當兒，我與你見見我的親人。」

他們在何處？

「長輩已經辭世，但還有其他親人，先看照片作為文化交流先奏。」

他出示照片。

張力的管理能力可在此見到一斑，所有照片已有系統地收集在記錄棒，且附說明，像「華表哥的兒子小中及小民……」

她欣賞過照片，這樣想：很樸素，不大會穿西服，外套內塞着溫暖牌毛衣，顯得臃腫，不過易宋詞，不可以貌取人啊。

她喜歡張力表姐妹的小圓臉，丹鳳眼，嬌俏而不輕浮。

她按人臉認名字，希望給張家一個好印象。

唐詩問：「她們都住哪裏。」

「浦東一個叫巴黎新邨的地方。」

唐詩在谷歌找到巴黎新邨，一看，吃驚，「你看看。」

只見一幢幢西式獨立小洋房，門口都裝飾着哥林多式石柱，草地上有一座仿裝艾菲爾鐵塔，花卉處處，襯着米羅維納斯雕像，還有好幾座噴水池。

姐妹倆看得呆住。

這——不好說，不是像小型拉斯維加斯嗎。

「哪個親戚的家？」

「張力的寓所。」

「那意思是，將來也是你的新居。」

宋詞怔住，「我以為會是舊法租界的老式樓梯有曬台公寓。」

「那是上世紀四十年代建築，恐怕已經拆卸，況且，沒有空氣調節，沒有熱水，也沒有互聯網，多不方便。」

「可是這巴黎新邨！」

「你不喜歡，張力可以另置新房。」

「北京的四合院也十分幽雅——」

「那更連抽水馬桶也無，需從頭到尾翻新，划不來。」

「與我想像有太大距離。」

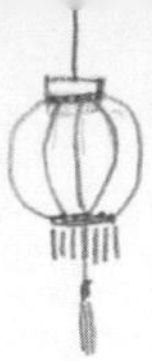

忽然接觸到真相。

宋詞自以為是，按想像，張力應住在老式鑲染色玻璃哥德式老住宅公寓，四層樓高，天台種蔬果花卉，上去，可以看到新上海繁華景象，可是與他們無關，他們屋裏放宋代紅木傢具，一張紫藍絲絨沙發，沙龍女主人橫躺着招待客人，寬舊木桌是她工作之處，桌上放滿張力礦石標本，吊燈換上愛迪生式燈泡……

她不能住巴黎新邨。

唐詩說：「到浦東親自視察，切莫因噎廢食。」

宋詞不想動身。

但也不能拖一輩子，終於，她在一個長週末與張力出發。

他用公司最新型號私人飛機載她。

宋詞看到張力另一面，他是新發財。

隨行的有他數名助手，他們在前艙開會談公事，內容大約是要到加國極北愛斯基摩區域開採鑽石礦，地球暖化，玄冰融解，大有可能，那個地帶叫能拿域。

宋詞在後艙沉默。

她心目中最可貴的生活指數不是富貴而是閒逸，與他二人世界，全歐洲旅遊，特別是巴黎，步行至迷途，筋疲力盡，在茶座吃蛋糕喝咖啡，再來過，誰關心回不回得了酒店。

看樣子她不了解張力，張力也不知道她。

少男少女時時如此魯莽，她宋詞可是成年人，糟糕。

旅程上兩小時，張力一句話也沒跟宋詞說，彷彿蜜月已經結束，老夫老妻生涯開始。

飛機降落，立刻有車子接他們往巴黎新邨。

這時，張力才與宋詞坐後座，握住她手，「還好嗎。」他問這麼一句。

宋詞打量改裝車內豪華陳設，全部桃木真皮，座椅作鮮紅色。

她不出聲。

駛抵門口，只見結着大紅燈籠，大紅對聯，啊，想起來，農曆年快到。

大門打開，忽然傳出「歡迎易宋詞女士！」大聲歡呼聲。

宋詞發獃。

接着，一群人一湧而出，自我介紹：「我是三表哥，」「我是四表妹」，「我是表姨與兩個孩子」……張力不慌不忙，取出紅包派發，他們才退下，女賓目不轉睛打量宋詞。

一個看樣子是年齡最高女長者端坐交椅，動也不動，專等宋詞上前拜會。

宋詞在張力帶動下一一鞠躬，做足禮儀。

她看到寬敞客廳裏全是鬏金的仿法國美術式傢具，一大座雕花屏風上貼着「恭喜發財」字樣，穿制服的工作人員捧着飲料四處巡行。

然後，宋詞觀察未來女姻親的打扮，她着實吃驚，話都不會說了，女賓人人一樣尖下巴，鼻樑狹長，雙眼皮深深，同照片所見，完全不一樣。

她忽然明白，那些都是舊照，她們此刻都變一個樣子。

女眷嘻嘻笑，「易小姐打扮如此樸素，原先以為可以看到最新時裝與飾物式樣。」

她們穿得可時髦，世界聞名本季新簇簇時裝全堆身上，大紅鱷魚皮手袋，紅底高跟鞋，眼花繚亂。

張力在何處，為何不來打救。

原來他正與男親友開葡萄酒喝，一邊吃生蠔，「這勃龍蠔剛自馬賽空運抵埗，浸過香檳，去掉海水味……」

這是張力與他的淘伴。

他帶她走下地庫，只見一整面牆壁到頂都橫擺着密密麻麻各式酒瓶。

宋詞吃不消，她頭暈，不忘收集證據，她取出電話悄悄錄取證據。

她說：「我有點不舒服，想回酒店休息。」

誰知張力答：「我沒訂酒店，你在這裏眠一下。」

救命。

推開主臥室雙扇門，宋詞看到白色長毛地毯，金碧輝煌化妝鏡，以及帝皇尺碼大床，鋪着一塊大貂皮，天花板上畫着好些小天使，團團牽手撒花。

宋詞問：「有無客房。」

「你不必避嫌。」

她連忙走到另一邊，推門看到一間較為平民房間，立刻說：「我躺一下就好。」

「可是太熱鬧？我打發他們。」

張力一走，宋詞用手搗臉，忽然之間，她大笑起來，笑得眼淚都擠出來。笑的，當然是她自己。

兩個世界=新鮮=獵奇，直至要一起生活。

她倦極入睡，感覺上樓下有人高聲唱歌，稍後聲音略靜，她聽到有人在門口說：「阿力千揀萬揀，挑到這名女子，沒有笑臉，實在太瘦」，「他講氣質」，「為什麼穿得似苦學生」，「年紀彷彿不輕，婚後得立刻生養」……

起來，她提起尚未打開的行李袋，忽忽走下樓離開。

張力比她早一步，站在噴水池邊。

所以，也不能說兩人全無了解。

這時，天色已暗，噴水池七彩燈色忽然亮起，驚駭之餘，宋詞又笑。

張力雙手插口袋，無奈輕輕說：「逮住你了，往何處？我叫司機載你。」

「張力我——」

「不喜歡這間屋子，可以換一間，不至於要不告而別。」

這會子，他又變成好好的一個張力。

可是，宋詞又怎麼好叫他離開親友，與他原有生活習慣割席。

司機把車駛近，張力替她拎行李上車，「送你到酒店休息，明天再說。」

車上他大手握着她手。

「我是一個商人，」他說：「那些排場，為營商而設。」

宋詞不語。

「在礦場，當然，我是一個監工，環境完全不同。」

宋詞不語。

「我知你品味，全屋滄桑鬆白，連沙發都罩藍邊白套子，像一間醫院，曬台種芭蕉，風也蕭蕭，雨也蕭蕭，三兩知己，談藝術到天亮，可是那樣，容易，我做得到。」

宋詞不語。

到達酒店，他送她上樓，「明天我接你。」

宋詞緊緊抱住他腰身，好一會才鬆開。

他輕輕離去。

宋詞淋一個熱水浴，坐床上喝啤酒。

她找到唐詩，把巴黎新邨照片傳給她打分。

者也最壞，「嘩，」他說：「凡爾賽宮呈現唉。」

宗珊坦白：「這不行，回來從詳計議。」

之乎說：「平時看大塊頭好好一個人，品味竟如此奇特。」

宋詞悲哀，「詩姐，會不會是我們這班假洋鬼子心態勢利，走火入魔，自命高人一等。」

「品味是有公論的一件事，你與你公司諸美術指導一談便知。」

宗珊說：「他可以慢慢改變。」

「以前我也這麼想，瑣事耳，應彼此遷就，後來有了經驗，明白到月會圓，人不會變，一下子故態復萌，復仇性變本加厲，各人習慣在因子鐵鑄成似，牢不可破。」

「為一間屋子放棄張力？」

「我已經很累，不想為小事爭執，弄得自尊全失，我已無青春，唯一剩下，不過是些許尊嚴，張力辛勞工作，掙到今日地步，居所金碧輝煌，那是應該的，我是誰，豈可抹煞他的成就感，是我知難而退。」

「宋詞，蘇州過後就沒有渡船了。」

「你這烏鴉嘴。」

這回宋詞沒有偷走，第二早，她乖乖等張力接她。

張力與她到僅餘弄堂小店吃粢飯豆漿。

天氣冷，有點瑟縮。

張力脫下大衣罩她肩上。

宋詞看到布面子袍子裏是貂鼠毛，又吸進一口氣，這在歐美會遭淋紅漆。

張力輕輕說：「下星期我要到加國去一趟，可能久一點，約兩三個月，希望我倆關係會有所轉變。」

宋詞臉色蒼白，只點點頭。

「我會惡補你所喜歡的低調瀟灑，不經意的驕矜。」

宋詞微笑。

他送她到飛機場。

他揶揄她比他更做作偽飾，高貴也得做作淡漠，織錦要反過來穿，凡事鬆一層迷濛白色，不可叫人看穿，是高檔是含蓄。

宋詞一個人回到家。

她哀思地鬆口氣，已經開始想念張力的熊抱。

這樣執着地斤斤計較，一定吃苦。

工作繁忙，生活繼續。

公司升宋詞為合夥人，這表示她在江湖上排位又高一層，少看許多臉色。

她的衣物轉為黑白灰三色，鮮艷的、印花的，全歸少女與黛綠年華。

一日，老闆同她說：「我找到一個新人，你法眼看一看。」

「自哪一塊女媧氏煉剩補青天的石頭裏爆出。」

「是親戚的兒子，讀畢建築系，忽然表示對演藝工作有興趣，氣得父母吐血，已不與他說話，交了給我。」

「嗯，是個男生，有無告訴他，光是英俊鄰居小男孩不夠，要漂亮得嚐一聲才行，而且本行吃苦得不得了，全世界觀眾都是大爺，一生不得打罵記者。」

「可以叫他進來了嗎。」

「他已經報到？」

老闆大聲叫：「單長，詞姐叫你進來。」

門一推開，一個小伙子笑嘻嘻走進。

宋詞眼前一亮，怔住，不很高，未足六尺，恰恰好，主要是身體各部位比例完美，看了讓人舒服。

皮膚光潔，輪廓清晰，最主要是小子有一雙黑白分明會笑的賊眼，他一頭叫人羨慕的濃髮，下巴已長出鬍髭影子。

宋詞說：「請坐，簡介自己。」

「我叫單長，廿三歲，剛自康乃爾大學建築系畢業，每個暑假在父親公司實習，發覺興趣不近，故此想報名讀電影。」

宋詞老實不客氣看着他。

怎麼說呢，的確有氣質這回事，這單長並沒有說：「詞姐，久聞大名，如雷貫耳」，或是「望詞姐像照顧宗珊那樣照顧我」，以及「我前途是暗是明，看公司的了，做牛做馬，在所不辭」……

他不施花招，老老實實，文文靜靜坐着。

這時秘書送文件進房，看到英俊小生，怔住，見多識廣的她忍不住多看兩眼，才轉身離去。

這名眼睛糖果已經過了第一關。

宋詞自抽屜取出三個廣告劇本，「請到會議室細讀，你可以從中選擇一個。」

他說聲明白，轉身離去。

老闆問：「如何？」

「漂亮得噹一聲，相貌非常現代，尤其是略厚的嘴唇，相當性感，溫暖可親，而且不會說『詞姐沒想到你如此年輕』。」

「這樣說，是過關了。」

「還需過外頭花錢的大爺那一道閘呢。」

宋詞收拾桌子上雜物，下班。

「往何處？」

「外甥生日，前去吃飯。」

走過會議室，看到年輕女同事在房門口張望，有人送飲料糕點進去給單長享用。

宋詞嘆口氣，年輕女子太沒出息，一見略為平頭整臉的異性均不放過。

她吩咐秘書：「半小時後把劇本收回鎖好，明早十時請他再來一趟。」

易氏一家眾兄弟姐妹總算都得到歸宿，她一人單身也好，家裏有什麼事叫一聲，獨她走得開。

唐詩宋詞，之乎者也，終於都克服難題。

正是To M or not to M/

To D or not to D/

Those are the questions.

全書完

書名　結或不結　離或不離　作者　亦舒

出版　天地圖書有限公司
香港皇后大道東109-115號
智群商業中心十五字樓
電話：2528 3671　傳真：2865 2609

香港灣仔莊士敦道三十號地庫／一樓（門市部）
電話：2865 0708　傳真：2861 1541

設計及插圖　Untitled Workshop

印刷　亨泰印刷有限公司
柴灣利眾街27號德景工業大廈十字樓
電話：2896 3687　傳真：2558 1902

發行　香港聯合書刊物流有限公司
香港新界大埔汀麗路36號
中華商務印刷大廈3字樓
電話：2150 2100　傳真：2407 3062

出版日期　二〇一八年四月／初版・香港